# Traces in the snow

## Die Geschichte von Frank Morton

Thomas Milles
2009 - 2010

Impressum:                        Trace in the snow

                                  Die Geschichte von Frank Morton von

                                  Thomas Milles


                                  1. Auflage vom  September 2015


Hrsg.:                            AdlersteinVerlag

H e r s t e l l u n g und Verlag: BoD  -  Books  on  Demand,  Norderstedt

ISBN:                             9783738637045


Coverbild:                        Thomas Milles

**FSC**
www.fsc.org

**MIX**
Papier aus verantwortungsvollen Quellen
Paper from responsible sources
**FSC® C105338**

t

# Inhalt

# Vorwort

Im Dezember 2009 begann ich dieses kleine Buch und versuchte meine Gedanken zu Papier zu bringen. Vieles was hier zu lesen ist entspricht der Realität, einiges ist frei erfunden. Die meisten Personen sind Geschöpfe meiner Phantasie, doch was ist Fiktion, was Realität?

Heute nun ist es fertig geworden - kann ein Buch je fertig werden? In den vergangenen Monaten ist viel geschehen, hat sich viel verändert in der Welt und diese Veränderungen finden teils ihren Platz in den Zeilen.

Ich widme diese kleine Geschichte den Menschen, die ich kennenlernen durfte und die zu früh von uns gingen sowie denen, die niemand kennt und die jeden Tag dafür Sorge tragen, dass wir jede Nacht schlafen können.

Ihr seid und bleibt unvergessen

Ganz besonders möchte ich einer lieben Freundin danken, die mich aufbaute, als scheinbar nichts mehr ging und mich weiterschreiben ließ.

Der Autor, im August 2010

*Oft tut auch der Unrecht,*

*der nichts tut;*

*Wer das Unrecht nicht verbietet, wenn er kann,*

*befiehlt es.*

(Marcus Aurelius)

# One - Frank

Frank Morton schaute auf die Uhr. Es war Donnerstag, 14:30 Uhr. Der Kalender auf seinem dunkelroten Schreibtisch aus afrikanischem Edelholz zeigte mit großen Lettern den 24. Dezember 2009. Über die Sprechanlage rief er seine Sekretärin in sein Büro und Claire de Moin ließ ihren Chef nicht warten.

Die schweren Holztüren öffneten sich und eine hochgewachsene, sehr attraktive Mittvierzigerin betrat das spartanisch eingerichtete Büro. Sie schloss die schweren Türen und trat die drei Meter bis zu seinem Tisch heran. „Was kann ich für dich tun Frank?" Die Worte kamen sanft aber bestimmt über ihre Lippen, während sie sich mit einer eleganten Bewegung auf den Rand des Tisches setzte. Sie schaute ihren Vorgesetzten, einen eher kleinen Mann 45 Jahre alt, graumelierte Haare, leichter Bauch und stahlblaue Augen an. Er sah sehr müde aus, die Vertragsverhandlungen der letzten Wochen hatten ihm das Letzte abverlangt.

Langsam hob sich sein Blick, wanderte an ihrem Körper empor und blieb an ihren wunderschönen klaren braunen Augen hängen. „Ja, Claire. Bitte streiche für die nächsten fünf Tage alle meine Termine. Wir haben es geschafft... wir haben es geschafft mein Schatz!" Er sprang aus dem Sessel, eilte zu der kleinen Anrichte links neben der Tür und öffnete eine Flasche Scotch. „Der Kongress hat die Gelder bewilligt Kleines... und... wir haben den Auftrag! Auch einen?" Er füllte zwei Gläser noch bevor Claire antworten konnte.

Mit den Gläsern in der Hand ging er zu ihr, drückte ihr eines in die Hand und sagte: „Auf uns mein Liebling, auf drei Milliarden Dollar im ersten Jahr und auf 25 Milliarden die nächsten 10 Jahre… Ich liebe Dich." Mit diesen Worten kippte er den Scotch in einem Schluck herunter und setzte anschließend das Glas mit einem lauten Knall auf dem Tisch ab.

Claire de Moin, die Scotch nun überhaupt nicht mochte, nippte aus Höflichkeit an dem Alkohol, stellte ihr Glas neben das seine und nahm ihn in den Arm. „Das ist ja wundervoll Frank. Ich freue mich so für dich." Sie küsste ihn zärtlich, spürte sein Zittern und strich ihm liebevoll über den Rücken. Er hatte seit acht Jahren an diesem Projekt gearbeitet. Jeden Tag, sieben Tage die Woche… ER war das Projekt. Jede Woche in einem anderen Land, jedes Mal neue Regierungsvertreter bestechen, schmieren…Vorträge an Universitäten halten, viel versprechende Talente innerhalb der Firma entdecken und fördern, Versager feuern. Wer sein Pensum nicht schafft, fliegt raus. Und immer die Angst, dass der Kongress die Gelder schlussendlich nicht bewilligt.

Sie löste sich von Ihm, schaute Ihm tief in die Augen und entdeckte wieder den frisch gebackenen Ingenieur von damals… Kernphysik, Avionik, Mathematik… und alles mit Auszeichnung. Offener Blick, wilde Frisur, hellbrauner Cordanzug, eine alte zerknitterte Aktentasche… so stand er im Personalbüro von Alliant Techsystems. Keine Spur von Nervosität. Und als der Personalchef erfuhr, dass auch General Dynamics Interesse an dem jungen Mann zeigte, war dessen Einstellung in das Unternehmen nur noch Formsache.

Und so begann die steile Kariere Frank Mortons im Januar 1984.

Die Entwicklung von Munition für die Pistolen und Gewehre der Amerikanischen Polizei war seine Aufgabe. Aber bald schon wurde sein Talent für physikalische Zusammenhänge in Verbindung mit günstigen Produktionsmethoden erkannt und schon ein Jahr später kam er ins ATOM-Team.

◻◻

Anfang 1985 war die Welt im Atomzeitalter. Nichts ging über diese makellose Art der Energiegewinnung. Frank war Mitglied in einem fünfköpfigen Team, bestehend aus den besten Ingenieuren und Wissenschaftlern der Firma und begierig auf jedes Gramm Wissen, welches er aufsaugen konnte.

Im Januar 1985, kurz nachdem er seine spätere Frau Rose kennenlernte, reisten die fünf mit falschen Pässen nach Russland ein. Ihr Ziel war ein kleines Dorf namens Prypjat in der Ukraine. Russland war zu diesem Zeitpunkt schon nahezu bankrott und da kamen die Amerikaner mit ihren Millionen in der Tasche sehr gelegen. Es ging um Versuche mit abgereichertem Uran, die Sicherheitsvorkehrungen, Verbote und Bestimmungen der USA waren zu rigoros und so durfte man in dem kleinen Atomreaktor in der Ukraine unbehelligt von der Welt und irgendwelchen Kontrollbehörden Versuche durchführen.

Die fünf bekamen von der russischen Regierung die Genehmigung für Block 4 des Reaktors in Tschernobyl. Es herrschte reger Verkehr in den Wochen danach zwischen Prypjat und Minneapolis, der Zentrale von Alliant Techsystems. Die Fünf reisten oft hin und her, in den USA wurde entwickelt und theoretisiert.

In der Ukraine wurden die Berechnungen in Versuche umgesetzt.

Nach Geheimdienstmeldungen war ein Krieg in den nächsten fünf Jahren im nahen Osten vorstellbar und so drängte die Zeit. Das Ziel, kostengünstige nukleare Munition für die Luftwaffe herzustellen, war noch so weit weg. Nächtelang hockte Frank am Computer in Minneapolis, endlose Stunden Simulationen von Kernschmelzen, Neutronenabsorbtionen durch Xenon-Isotope und die Beseitigung von diesen verdammten Temperaturschwankungen im Kühlsystem. Seit Tagen hatte er seine Frau nicht mehr gesehen. Nur zum Schlafen kam er heim… wenn er denn schlief. Oft lag er mit offenen Augen, addierte Zahlenkolonnen oder errechnete Wahrscheinlichkeiten.

Im Oktober 1985 erhielt Frank von Rose eine E-Mail in der sie ihm mitteilte, dass sie schwanger sei. Frank war zu diesem Zeitpunkt in der Ukraine und kontrollierte das abgepumpte Kühlbecken von Reaktorblock 4. Wieder vergingen Wochen, Monate von zahllosen Simulationen, aber dann stimmten die Zahlen. Alle Computer, Frank und seine Kollegen waren sich einig… Es musste klappen.

Es war der 25. April 1986, 14:00 Uhr. Chefingenieur Anatoli Stephanowitsch Djatlow drehte die Schlüssel auf dem Kontrollpult und betätigte die Starttaste. Auf der Wand vor ihm leuchteten hunderte kleine Lampen. Drei Neue kamen dazu als Anatoli die Kühlmittelpumpen aktivierte. Hinter ihm standen die fünf Wissenschaftler, nervös und nicht ahnend was in den nächsten Stunden passieren würde. Anatoli drehte sich zu ihnen um und sagte: „Ich starte nun die Automatik um die Brennstäbe einzuführen. Beten sie, dass ihre Zahlen stimmen."

Er drückte einen weiteren Schalter und ein weiteres Licht leuchtete an der Wand vor ihnen auf...

Das Klingeln des Telefons auf dem Kontrollpunkt schreckte alle aus ihrer Spannung. Anatoli nahm den Hörer ab und nach ein paar Worten drehte er sich zu Frank um und hielt ihm den Hörer hin: „Für sie." Frank nahm den Hörer und nach zehn Sekunden knallte er ihn wieder auf die Gabel. „Es kommt", schrie er. „Das Baby kommt." Alle drehten sich zu ihm um. Seine Kollegen lachten, schlugen ihm auf die Schulter und auch die anderen Arbeiter im Kontrollraum lachten, obwohl sie wohl kaum ein Wort verstanden haben konnten. „Mensch, ab nach Haus. Vielleicht bekommst du noch mit, wie dein Kind aufs College geht", feixte Sam, mit 63 Jahren der Senior im Team.

Frank war hin und her gerissen... nach fünf Minuten, endlosen fünf Minuten für seine Kollegen, verkündete er fröhlich: „Ich fahre heim. Meldet euch. Ruft mich an... ich muss wissen ob es geklappt hat. Ruft mich an."

⬜⬜

Um 14.10 Uhr verließ Frank Morton den Kontrollraum, stieg in den Wagen des KGB Offiziers, der den Auftrag hatte die ausländischen Gäste zu „schützen" und doch nicht mit in den Kontrollraum durfte. „Zum Landeplatz Sergej, bitte schnell, mein Kind ist unterwegs." „Meinen Glückwunsch Frank, schlechtes Timing allerdings. Gerade heute, wo euer großer Tag ist. Heute startet doch das Experiment, oder?" „Als ob du das nicht wüsstest Sergej", lachte Frank.

Sergej gab Gas. Kurz vor dem Haupttor war ein kleiner Hubschrauberlandeplatz, wo ein Hind-Kampfhubschrauber wartete.

Als der Pilot den herannahenden Wagen bemerkte, drückte er die Zigarette an dem Raketenträger der rechten Tragfläche aus und stieg in seinen Hubschrauber. Sergej stoppte den Schwarzen Wolga 20 Meter vor dem Hind und stieg aus dem Fahrzeug. Frank verließ den Wagen ebenfalls und beide liefen geduckt zu der offenen Seitentür des lärmenden Hubschraubers. Der KGB-Offizier kletterte bis ins Cockpit und gab dem Pilot die nötigen Instruktionen. Frank setzte sich im Laderaum auf die Notpritsche und schnallte sich an. Sergej verließ das Cockpit, klopfte Frank auf die Schulter und sagte: „Wir sehen uns später Frank." „Ja bis in ein, zwei Tagen, Sergej. Dann bin ich wieder hier."Als der Offizier aus dem Hind sprang, drückte der Pilot den Steuerknüppel und die Turbine des Hinds heulte auf.

⬜⬜

Es war 14:32 Uhr und mittlerweile waren vier Brennstäbe aus Uran 235 an ihren Positionen. Nach ca. zwei Stunden waren alle 400 Brennstäbe in ihren Behältern. Die Reaktionen begannen zaghaft, die Temperatur stieg nur mäßig an. Um den Ausstoß an Neutronen zu reduzieren, aktivierte Anatoli die Automatik für die Steuerstäbe.

Nach dem Betätigen des Schalters setzte sich die Anlage für die Steuerstäbe in Bewegung. Langsam wurden die Stäbe zwischen den Brennstäben in Position gebracht. Je mehr Stäbe eingebracht wurden, umso weniger Neutronen wurden durch das Uran freigesetzt. Die Reaktion war unter Kontrolle.

Diesmal ging es nicht um Energiegewinnung. Dieses Mal ging es um den Abfall. Die mittlerweile nur noch vier Wissenschaftler brauchten abgereichertes Uran.

Die enorme Dichte von über 19 Gramm pro cm³ machte den radioaktiven Stoff zu idealen Geschossen. Durchschüsse selbst durch die härtesten Panzerungen aus Aramid, Kevlar oder gar hoch legierten Stählen mit gleichzeitiger Verstrahlung der Weichziele… Der Vorstand in Minneapolis würde zufrieden sein. Block 4 arbeitete einwandfrei.

Um 0:00 Uhr am 26. April übernahm die neue Schicht den Kontrollraum. Die vier vom ATOM-Team saßen mittlerweile vor ihren Computern, berechneten Menge, Gewichte und natürlich auch Profite des neuen Wunderstoffes. Um 00:28 begann die Katastrophe. Durch zu hohen Strombedarf der umliegenden Städte und Dörfer waren die Blöcke 2 und 3 überfordert. Block 1 war zu diesem Zeitpunkt abgeschaltet und in Wartung. Um die fehlende Leistung zu erbringen wurde Block 4 automatisch heruntergefahren, um anschließend mit anderem Programm wie neu gestartet zu werden. Der Computer fuhr die Leistung von Block 4 herunter. Noch bevor Schichtleiter Aleksandr Akimow reagieren konnte war die Leistung unter 20% gefallen. Die Kühlpumpe schaltete sich ab. Man wird nie herausfinden warum sie das tat.

Das Kühlwasser kochte. Durch die zu geringe Leistung bildete sich das Xenon-135 Isotop. Zu viel davon löst eine Kettenreaktion aus. Um zu verhindern, dass zu viele Neutronen durch das Xenon freigesetzt werden, mussten mehr Steuerstäbe eingesetzt werden. Die Behälter, welche diese Stäbe zwischen den Brennstäben fixierten, hatten sich aber durch das kochende Wasser verzogen.

Die Stäbe konnten nicht mehr eingeführt werden. Die Reaktion war nicht mehr zu stoppen…

Um 01:23 Uhr und 40 Sekunden schlug Aleksander Akimow unter den entsetzten Augen aller Anwesenden im Kontrollraum auf den Knopf Nr.5, der die Notabschaltung des Reaktors einleiten soll. Vier Sekunden später explodierte Block 4 des Reaktors in Tschernobyl…

〰〰

Frank Morton landete in Minneapolis auf einem privaten Flugplatz, wo er von Gilbert Decker - Mitglied im Aufsichtsrat - erwartet wurde. Auf der Fahrt zum Krankenhaus, in dem seine Frau Rose eine Tochter gebar, wurde er von der Katastrophe und dem Tod seiner vier Freunde informiert.

〰〰

Das alles stand in der Personalakte von Frank Morton. Claire de Moin kannte sie auswendig, musste sie kennen, denn der Vorstand schickte Sie, um Frank zu überwachen. Er war ein genialer Wissenschaftler, ein genialer Konstrukteur und solch tiefe Einschnitte - Scheitern des Projekts und Verlust geliebter Menschen- konnten einen schon mal aus der Bahn werfen. General Dynamics wartete nur auf die Chance ihn abzuwerben.

Er wurde befördert, bekam seine eigene Abteilung, sein eigenes Budget, 100 Ingenieure und 4.000 Arbeiter weltweit unterstanden nur ihm. Aus seinen 1.000 Dollar die Woche wurden 450.000 im Jahr.

Claire wusste alles über Frank. Sie war ja jeden Tag über 12 Stunden mit ihm zusammen. Sie wusste, dass er sich nach dem Vorfall in Russland in noch mehr Arbeit stürzte, um abzulenken. Sie wusste, dass seine Ehe dadurch zerbrach.

Manchmal konnte sie durch die geschlossene Tür hören, wie er mit seiner Frau am Telefon stritt.

Er wurde immer mehr zum Einzelgänger, ging selten aus und zog sich oft in sein Wochenendhaus in Gooseberry Falls am Lake Superior zurück.

〰〰

An einem Sonntagmorgen, es war einer dieser seltenen Momente wo die Familie Morton gemeinsam am Tisch saß, kam Nancy mit einem großen braunen Umschlag an den Frühstückstisch. Frank saß stumm neben Rose, biss in seinen Toast und studierte den Börsenteil der Washington Post. Nancy holte drei Hochglanzfotos aus dem Umschlag, legte sie Ihrem Vater auf die Zeitung und mit bebender Stimme fragt sie ihn: „Warst du das?" Frank schaut auf und auch Rose, die gleichgültig ihren Kaffee umrührt, hob den Kopf. „Was war ich?", fragte Frank und schaut auf die Bilder. Rose schaute zu Nancy, sah das tränenverschmierte Gesicht. „Was hast du mein Schatz?", rief sie und nahm ihre Tochter bei der Hand.

Frank betrachtet die Bilder. Hochglanzfotos des Geheimdienstes. Auf der Rückseite markiert mit „confidental - nicht weitergeben".

Die Bilder zeigten zerfetzte Frauen und Kinder. Körper, abgetrennte Gliedmaßen… Ein Marktplatz… irgendwo auf der Welt. Tische, Bänke, Stühle.. alles umgeworfen.

Ein paar Sanitäter bergen Leichen….der ganze Boden durchtränkt von Blut. Umherliegendes Obst, Körbe, Taschen…

Überall Feuer… und zwischen den stummen Schreien, zwischen den toten Körpern liegen überall kleine Zylinder aus Metall, jeder etwa so groß wie eine Zigarre.

Die anderen Fotos zeigten Großaufnahmen dieser Zigarren... auf allen prangt ATK und „Made in USA" an der Seite.

„Wo hast du die Fotos her", fragte er laut und erregt. „Das ist nichts für deine Augen." Er kochte vor Wut. Nancy brach in Tränen aus und lief aus der Küche. Rose starrte auf die Bilder. Fassungslos versuchte sie zu realisieren, was sie dort sah. „Bist du dafür verantwortlich Frank?"

„Natürlich", entgegnete er. „Das ist mein Job. Allerdings sind diese Fotos Verschlusssache. Wo hat sie die nur wieder her?" „Wahrscheinlich aus deinem Arbeitszimmer, welches du ja nie abschließt." Rose war unendlich wütend. Sie rannte ihrer Tochter hinterher. Frank biss noch einmal in seinen Toast und fuhr dann ins Büro. Zuhause wollte er nicht mehr sein.

Seit diesem Tag traf man Frank auch sonntags im Büro an... ein halbes Jahr später ließ sich Rose scheiden.

⬜⬜

Diese Dinge standen nicht in Franks Akte, diese Dinge wusste nur Claire. Wenn Frank Überstunden machte, und er machte jeden Tag Überstunden, blieb sie auch länger, half ihm bei der Korrespondenz mit Politikern und Konzernen, kochte literweise Kaffee, besorgte Fastfood vom Chinesen an der Ecke... und irgendwann war sie auch mehr für ihn da, als es ihr Arbeitsvertrag vorsah. Es entwickelte sich schnell eine tiefe Freundschaft. Unauffällig, distanziert aber respektvoll dem anderen gegenüber.

Die Wochenenden verbrachte er immer häufiger mit Claire in seinem Wochenendhaus.

Seine Villa am Stadtrand von Minneapolis wurde seiner Ex-Frau zugesprochen. Es interessierte ihn nicht mehr. Den Job machte er schon seit langem nicht mehr für Geld.

Wenn er mit Claire am Westufer des Lake Superior spazierte, konnte er neue Energie tanken, konnte er durchatmen. Sie war ein guter Zuhörer, auch wenn seine Themen sich meist nur um die Arbeit drehten, immer effektivere Mittel zu erfinden um Menschen zu töten. Tief im Inneren hasste Claire diesen Job.

Manchmal jedoch kamen die privaten Momente von Frank zum Vorschein und dann brach es aus ihm heraus. Unter Tränen verfluchte er sein Leben, den Tod seiner Freunde. Er gab sich immer noch die Schuld an der Explosion. Den Verlust seiner Frau, die er so über alles geliebt und es ihr doch niemals hatte richtig zeigen können. Und zu Letzt... seine Tochter wandte sich von ihm ab, verleugnete ihn. Seit der Scheidung vor sieben Jahren hatte er sie nicht mehr gesehen. Die Wochenenden waren am schlimmsten. Zuviel Zeit zum Denken. Einsamkeit und Depressionen forderten ihr recht ein...

▯▯

Am Montagmorgen, nach einem einsamen Wochenende voller Alkohol und Kokain, schloss er sein Büro auf, ging zu seinem Schreibtisch, zog die oberste Schublade auf und nahm die Pistole hervor. Während er sich umdrehte und sich auf seinem Ledersessel niederließ lud er die Pistole durch und vergewisserte sich, dass eine Patrone in der Kammer war. Er rollte mit dem Stuhl zum Fenster, dicht an das Glas heran.

Achtzig Meter unter ihm pulsierte der Berufsverkehr. Auf den Bürgersteigen war hektisches Treiben. Er schaute in die aufgehende Sonne und spürte den kalten Stahl an seiner Schläfe.

Er krümmte den Finger seiner rechten Hand leicht, spürte wie der erste Sicherheitsrast der Pistole sich deaktivierte und das sanfte, fast zärtliche „klick" auf seiner haut fühlte… noch zwei Millimeter ziehen, dann war er in einer besseren Welt… Der Stift würde auf den Patronenboden treffen, eine kleine Stichflamme frisst sich in die Hülse, entzündet das Pulver, Gase dehnen sich aus, es entsteht Druck. Das Geschoss löst sich von der Hülse, presst sich in die acht Züge und nur noch 114 Millimeter bis es auf den Knochen trifft, sich in tausende kleine Splitter verliert und den Kopf in eine rot weiße Masse verwandelt… er kannte das alles so genau. Es war sein Job. Es war sein Leben. Es wird sein Ende sein… noch einen Millimeter ziehen.

Die Sprechanlage knackte und Claire de Moin war am anderen Ende der Leitung. „Guten Morgen Frank, der Vize Präsident auf Leitung eins…"

Frank erschreckte sich dermaßen, dass er auf dem Stuhl verrutschte. Der Schuss löste sich und die Kugel verfehlte nur knapp seinen Kopf und schlug in das schwere dunkle Holz des Wandschranks ein. Das Piepen in seinem rechten Ohr war höchst schmerzhaft und so hörte er auch nicht wie Claire die Tür aufriss und in den Raum stürzte. Frank schaute sie an als wäre er gerade beim Klauen an der Tankstelle erwischt worden. Claire blickte voller Entsetzen und auch Angst auf ihn. Sie blieb einen Meter vor seinem Tisch stehen und beobachtete, wie er die Pistole wieder in die Schublade legte, sie sanft zuschob und den Hörer abnahm.

Er drückte die kleine blinkende Taste an seinem Telefon, drehte sich zum Fenster und sprach in das Telefon: „Guten Morgen Mister Biden Sir, Morton am Apparat. Was kann ich für sie tun?" Claire drehte sich um, schloss die Tür seines Büros, setzte sich auf ihren Stuhl und brach in Tränen aus.

## Frank & Claire

Sie mochte ihn sehr, vielleicht mehr als sie sich eingestehen wollte. Wenn sie mit ihm in der Kantine saß, und sie wieder das Ende der Pause verpassten, wenn sie an seinen Lippen hing wenn er erzählte, wenn sie in seine Augen schaute und dort einen anderen Frank entdeckte, einen fürsorglichen, liebevollen Frank…

Die sehr seltenen Wochenenden mit ihm waren jedes Mal eine Wohltat. Sie konnte dann selbst Ruhe finden. Die langen Spaziergänge am See, die Abende am Kamin in seinem Wochenendhaus. Irgendwie hatte Sie das Gefühl das er derjenige war, den sie gesucht hat. Das letzte Puzzleteil in Ihrem Leben.

Vor sechs Jahren hat sie sich scheiden lassen. Die kinderlose Ehe verlief höchst unharmonisch. Bob war ein Idiot und irgendwie passten sie doch nicht zusammen. Ihr tat es um die verlorene Zeit leid.

Zeit… eines ihrer Probleme. Ihr Job forderte Sie sehr. Bis spät abends im Büro. Manchmal die Wochenenden, wenn Frank mal wieder vor seiner Familie flüchtete. Dann die Geschäftsreisen. Eine Woche Paris, Deutschland, England und auch Asien… überall wo die großen Rüstungskonzerne ihre Standorte haben, da waren auch Frank und Claire von der Alliant Techsystems. Ihr Privatleben kam eindeutig zu kurz.

Als sie im Sommer 2005 von einer Produktpräsentation des neuen deutschen Kampfpanzers der KMW-Werke in München nach einem harten und langem Verhandlungstag noch in die Stadt gingen, legte der sonst so distanzierte und stets auf Disziplin bedachte Frank seinen Arm um Claire.

Wenn sie heute daran dachte, wie überrascht sie war und es doch die ganze Zeit so sehr ersehnt hatte, dass er den ersten Schritt tat, musste sie lachen. „Wie die Kinder" dachte sie dann.

Aus dem belanglosen „Arm-Vorfall" wurde natürlich mehr. Händchenhalten, bei geschlossenen Bürotüren wurden Küsse ausgetauscht, zärtliche Berührungen waren an der Tagesordnung. Aber die letzte Grenze überschritten sie nicht. Nicht, dass sie nicht mehr wollte, aber irgendwas in ihr war nicht bereit für den nächsten und letzten Schritt. Bei ihm war es genauso. Sie spürte sein Verlangen, wenn er sie leidenschaftlich küsste und sie spürte, dass er von ihr dann wieder Abstand nahm.

□□

Im Sommer 2006 war es dann soweit. Claire und Frank waren in Südfrankreich auf Geschäftsreise und auf dem Weg von Marseille über Nimes nach Lyon. Es war Ende Juli, ein heißer Tag und an den getönten Scheiben des gemieteten Audis flog die wunderschöne Landschaft ungeachtet vorbei. Claire fuhr zügig und konzentriert. Frank saß neben ihr und schaute abwechselnd in die Kundendatei seines Notebooks und auf Claires Beine.

Natürlich bemerkte sie seine Blicke und sie genoss es. Lässig steuerte sie den A8 über die kurvenreiche Strecke und mit ihrer rechten Hand zog sie ihren Rock wieder etwas vor und bedeckte ihre Beine. Aus den Augenwinkeln konnte sie Franks enttäuschten Gesichtsausdruck erkennen.

Am frühen Vormittag erreichten Sie Nimes und Claire parkte den Wagen in einer kleinen Seitenstraße nahe des Marktes.

Sie wollten sich beide etwas die Beine vertreten und bei der Gelegenheit nach Souvenirs Ausschau halten. Als sie nach einer Stunde Bummeln durch die Stadt wieder in die Rue des Patins einbogen, blieben sie beide vor Schreck stehen. Der Wagen war weg.

Frank lief auf den leeren Platz zu. Er stellte sich dorthin, wo noch vor einer Stunde der Audi geparkt war. Nun stand nur noch der klapprige Renault Clio davor und ein Ford Mondeo dahinter.

Frank war fassungslos und drehte sich ständig um, ruderte mit den Armen. Claire kramte das Handy aus ihrer Handtasche und rief die Gendarmerie an. Ein in der Nähe stationierter Polizeiwagen pickte die beiden auf und fuhr sie auf das Revier zwei Querstraßen weiter. Nachdem die Anzeige über den gestohlenen Mietwagen aufgegeben war und Claire alle Papiere unterschrieben hatte, rief sie ein Taxi. Frank stand nur noch dabei. Er konnte kein Wort französisch und war voll auf Claire angewiesen. Wie ein kleiner Hund lief er ihr hinterher.

„Wir brauchen einen neuen Wagen Claire. Hier muss doch irgendwo eine Vermietung sein." Er schaute auf Claire und anschließend den Gendarmen an, der die Anzeige aufgenommen hatte. Claire zog die Augenbraue hoch und fragte den Polizisten der sichtlich erfreut war wieder mit der schönen Frau zu sprechen. Franks Miene verfinsterte sich. In Gedanken ging er seinen Terminkalender durch, wann genug Zeit war für einen Fremdsprachenkurs.

Der Polizist konnte helfen und schrieb Claire die Adresse einer Autovermietung in der Nähe auf.

Die zwei verließen die Polizeistation und schritten durch die zunehmende Mittagsonne auf den Boulevard Victor Hugo und flanierten unter den dichten Bäumen in nördliche Richtung. An der Ecke zum Place Questel war eine Bank und Claire beschleunigte ihre Schritte. Sie drehte sich zu Frank um. „Ich gehe etwas Geld holen, kannst du uns ein Taxi rufen?"

Frank nickte und trat zur Straße. Er hielt Ausschau nach weißen Schildern auf dem Dach von arg zerbeulten und schmutzigen Autos, die den Boulevard befuhren. Bei einem alten Peugeot wurde er fündig. Er trat auf die Straße und winkte mit den Armen. Der alte Peugeot stoppte sofort und seine Bremsen quietschten so laut, dass sich Frank fragte, ob es eine gute Idee gewesen sei gerade dieses Taxi anzuhalten. Ein Mann Mitte vierzig, mit einem sieben Tage Bart, einer Filterlosen im Mundwinkel, speckiger Cordweste und Cordhose lehnte sich auf die linke Seite herüber und sprach mit sanfter, so gar nicht zu dem Typ passender Stimme: „Bonjour monsieur." Frank drehte sich zu der Bank um und in diesem Moment kam Claire heraus. Für einen Moment vergaß Frank alles um sich herum und betrachtete diese schöne Frau, wie sie mit ihrem eleganten Hüftschwung auf Frank und das Taxi zusteuerte. Ihre Haare wehten im heißen Wind, der den Boulevard hochzog und ihre große schwarze Sonnenbrille fügte sich perfekt in das Gesamtbild einer Geschäftsfrau ein.

Frank öffnete den Fond des Peugeot und ließ Claire einsteigen, dann setzte er sich neben sie und schloss die Türe. Claire nannte dem Taxifahrer die Adresse der Autovermietung und der klapprige Peugeot fädelte sich in den Verkehr ein.

Claire beobachtet Frank aus den Augenwinkeln und sie sah, dass er mit halbgeöffneten Augen aus dem offenen Fenster blinzelte und die Sonne genoss. Sie lächelte, nahm seine Hand die auf seinem linken Bein ruhte und drückte sie sanft. Jetzt lächelte auch er. Nach kurzer Zeit bogen sie in eine Seitenstraße ein und auf der rechten Seite tauchte ein großes Gebäude aus Glas vor ihnen auf. Der Peugeot hielt an, ließ die beiden aussteigen und nachdem Claire dem Fahrer ein paar Francs gegeben hatte, verschwand er mit seinem Peugeot wieder im Mittagsverkehr von Nimes.

Claire betrat die Autovermietung mit Frank im Schlepptau. In einem großen Raum waren mehrere Schreibtische mit Computern - so wie es aussah - wahllos verteilt. Vor jedem Tisch standen zwei Stühle. Die Klimaanlage drückte lauwarme und schlecht riechende Luft in den Raum. Claire wollte sich gerade an den ersten Tisch setzen, da fiel ihr Blick auf den Tisch hinten rechts in der Ecke. Eine etwa vierzig Jahre alte Frau mit langen schwarzen Haaren saß vor ihrer Tastatur und schaute konzentriert in ihren Monitor. „Julie", Claire schrie auf und ging schnell zu der Frau.

Frank stand vor dem Fenster auf der linken Seite und schaute sich die zur Verfügung stehenden Wagen an. Sein Blick pendelte zwischen einem BMW der 7ér-Reihe und einem Phaeton von Volkswagen ständig hin und her. Als er sich umdrehte war Claire nicht mehr da. Er ließ seinen Blick durch den Raum schweifen und erkannte Sie am Ende des Raumes in der Ecke an einem Tisch. Er seufzte und wendete sich wieder den Wagen zu. Sein Telefon klingelte aus den tiefen seines Jacketts. Er drehte sich zu Claire um und nahm das Gespräch entgegen.

Es war der Betriebsleiter der Dassault Werke in Paris und er fragte, ob sie nicht auf einen Sprung bei ihm in der Firma vorbeikommen wollten, wenn sie eh schon in Frankreich weilten. Frank bejahte den Vorschlag und als die Frage nach dem Zeitpunkt gestellt wurde, erzählte Frank die Geschichte mit dem Leihwagen, und dass sie jetzt schon einen halben Tag verloren hatten. „Kein Problem Frank, ich schicke euch einen Hubschrauber und dann seit ihr..." „Nein", sagte Frank bestimmt und in seinem Kopf erschien das Bild aus dem Taxi... Claires Hand in seiner, der warme Wind, wie er durch das geöffnete Fenster strömte... „Nein Francois. Danke, aber wir fahren lieber.",„Wie du meinst Frank. Eine Flasche meines Besten wartet auf Dich." Es knackte und auch Frank legte auf und steckte das Handy wieder in seine Tasche.

Er drehte sich um und suchte Claire. Sie stand bei dem Tisch in der Ecke und redete wild gestikulierend mit einer etwa gleichaltrigen Frau. Die kannten sich wohl. Frank ging langsam zu dem Tisch und als er die beiden Frauen erreichte, schauten sie ihn an und kicherten."Frank...Das ist Julie, eine Zimmergenossin aus meiner Studienzeit in Paris. Und Julie... Das ist Mr. Morton - mein Boss." Frank schaute etwas verwirrt zu Claire und zu Julie gewandt mit einem süffisanten Lächeln: "...nennen sie mich Frank." Aus den Augenwinkeln sah er das Funkeln in Claires Augen.

„Julie hat ein Auto für uns." Claires Körper spannte sich. „Das denk ich mir Mrs. De Moin. Wir sind hier in einer Vermietung." Frank grinste von Ohr zu Ohr und wippte auf seinen Schuhspitzen. Doch als er das Grinsen von Claire bemerkte wurde er sehr unsicher. Da war was im Busch. „Wir telefonieren Julie, ok?

Ich rufe dich morgen Abend an und gebe dir Bescheid. Danke für alles", Claire zwinkerte unauffällig Julie zu. „Bonne Chance..." und Julie zwinkerte zurück.

Die zwei verließen das Große Gebäude und gingen um den Komplex herum auf die Rückseite, auf der die Leihwagen geparkt wurden. Als sie an dem BMW und dem Phaeton vorbeikamen zog ein Hauch von Trauer durch Franks Gesicht. Er bemerkte wie Claire mit schnellem Schritt auf einen großen Renault Espace steuerte. „Auch nicht schlecht", dachte er sich und war in Gedanken schon tief in den bequemen Ledersitzen versunken, bei angenehm klimatisierter Luft durch die schöne französische Landschaft gleitend... Doch Claire ging an dem Espace vorbei, hin zu dem kleinen roten Auto welches hinter dem Renault völlig verdeckt geparkt war. Sie öffnete die Tür mit dem Schlüssel, den Julie ihr eben zugesteckt hatte und schwang sich gekonnt auf den Fahrersitz. Ohne Frank eines Blickes zu würdigen griff ihre rechte Hand hinter den Sitz und holte ein großes Metallteil hervor.

„Was ist das?" Franks stimme zitterte. „Was zum Henker ist das?" „Stell dich nicht so an Frank. Das ist ein Citroën 2CV - oder deux chevaux, wie der Franzose sagt." „Aber Claire... das Ding... das soll fahren? Kann das fahren?" Claire amüsierte sich prächtig. Frank hatte seine Gesichtsfarbe verloren, schritt zur Beifahrertür, öffnete sie und schaute in den Wagen. Er wollte sich gerade hinsetzen, da hielt ihm Claire das Teil aus Metall hin: „Vorne über dem Nummernschild ist ein Loch. Da reinstecken und nach rechts drehen, wenn ich es dir sage."

Claire hatte Mühe nicht laut loszulachen. Frank nahm das Teil, betrachtete es und ging zum vorderen Teil des Wagens.

Schnell fand er das Loch, steckte das große Metallteil in die Öffnung und wartete auf Claires Kommando. „Jetzt kurbeln bitte…" Frank drehte und nach drei Umläufen sprang der kleine 12 PS Motor an und tuckerte selig vor sich hin. Frank stieg in das Fahrzeug ein, warf die Metallkurbel auf den hinteren Sitz und schaute Claire grimmig an. Sie warf ihm einen Luftkuss zu, klappte ihre Sonnenbrille herunter, legte mit der Pistolenschaltung den ersten Gang ein und fuhr forsch aus der Parklücke. Frank versuchte sich irgendwo am Auto festzuhalten, die Schaukelbewegungen waren ungewohnt. Und auch der Versuch, sich mit dem grauen Gurt anzufreunden, misslang. Er knotete den Gurt über seinem Becken zusammen und hoffte, dass Claire niemals scharf bremsen müsse.

Claire fädelte sich gekonnt in den Verkehr ein, kurbelte die Scheibe herunter und öffnete das Stoffverdeck über ihren Köpfen. Frank beobachtete Claire, sah wie der Wind durch ihre Haare wehte, nahm amüsiert zur Kenntnis wie sie auf französisch fluchte und andere Autofahrer beschimpfte. Der Verkehr war unglaublich laut. Die brütend heiße Luft roch nach Abgasen und das Schaukeln des Wagens machte ihm ein flaues Gefühl im Magen. Und doch wollte er jetzt in diesem Moment nirgendwo sonst auf der Welt sein. Hier in diesem klappernden, lärmenden Ding neben Claire zu sitzen war das Schönste für ihn.

„Ich muss noch schnell was einkaufen Frank, dauert nicht lang."

Und noch bevor sie das letzte Wort ausgesprochen hatte, hörte Frank schon das erbärmliche Quietschen der Trommelbremsen und der kleine rote 2CV rumpelte auf einen Supermarktparkplatz.

Der Wagen kam zum Stehen und Claire stieg aus. Zielstrebig steuerte sie auf einen kleinen Obst- und Gemüsestand vor dem Supermarkteingang zu. Frank hatte das Gefühl, sie kaufte von allem etwas. Mit vier gefüllten Tüten wanderte sie - ihre Sonnenbrille in die Haare gesteckt - zwischen den Ständen hindurch und verschwand in dem Menschengetümmel. Nach gefühlten vier Stunden und realistischen 25 Minuten stand Claire schwer bepackt vor dem in der Nachmittagssonne dösenden Frank und legte die gekauften Dinge durch das offene Dach auf den Rücksitz. „Und nun ab durch die Mitte." Claire stieg wieder ein, klappte die Sonnenbrille runter und hielt Frank die Anlasserkurbel hin. „Darf ich bitten Monsieur... Merci." Frank unterdrückte eine Bemerkung, entknotete sich und stieg aus.

Sie fuhren auf der Hauptstraße aus der Stadt heraus, der Verkehr wurde weniger und Frank schloss die Augen, versuchte die Fahrt zu genießen. Er dachte an die nächsten Termine, dachte an den trinkfesten Deutschen Ingenieur aus Oberndorf... Frank wollte gerade sein Handy aus der Jacke nehmen, da spürte er Claires Hand auf seinem Oberschenkel. „Schau mal Frank, diese Landschaft, diese Farben... Ist das nicht wunderschön?" Sie fuhren durch eine Allee, das Sonnenlicht glitzerte durch die kleinen Blätter. Weiße Pollen schwebten wie Schnee zwischen den Bäumen. Rechts der schmalen Fahrbahn fiel die mit gelben und blauen Blumen übersäte Wiese ein Stück ab und wurde nach ca. 20 Metern durch einen alten, fast schwarzen Holzzaun vom dem direkt danebenliegendem Wald getrennt.

Frank schaute heraus und sein Blick fiel flüchtig auf die vorbeihuschenden Bäume. „Sieht aus wie bei uns in Minneapolis", entgegnete er lapidar und konnte sich im selben Moment ohrfeigen.

„Quatschkopf!" Claire schaute böse herüber und Frank hatte irgendwie eine Höllenangst, dass sie ihre Hand von seinem Bein nehmen würde. Er schaute nach oben, ließ die Sonnenstrahlen sein Gesicht erobern, roch den Duft des Sommers, sog den Geruch tief in sich ein, spürte wie sein Körper leicht wurde. Claire schaute kurz herüber und lächelte.

Nach etwa einer Stunde wurde die Landschaft weiter, größer und die wenigen Bäume wichen komplett den saftigen Wiesen und Feldern. Die leicht hügelige Gegend war fast einsam und verlassen, es kamen kaum noch Autos entgegen. Claire nahm das Gas langsam zurück und ihre Augen suchten etwas am Straßenrand. Sie fand die kleine Einmündung, den schmalen Feldweg, bog sachte nach rechts ein und fuhr langsam zwischen den Maisfeldern den Weg entlang. „Wo willst du hin?", fragte Frank und richtete sich in seinem Sitz auf. „Ich will zu diesem Baum dort hinten. Ich denke mal, du hast auch Hunger, oder?" Frank nickte und mit Erstaunen stellte er fest, dass er seinen Hunger fast vergessen hätte. Der Feldweg war staubig und hatte tiefe Traktorspuren, doch der kleine Rote 2CV schaukelte, souverän von Claire gesteuert, darüber hinweg. Ihr Ziel war eine einzelne riesige Eiche, die mitten auf dem Feld stand. Unter ihrer enorm breiten und dichten Krone standen eine Hölzerne Bank und der passende Tisch dazu. Claire fuhr langsam an den Baum heran und stellt den Motor ab. Sofort war es still, nur das sanfte Rauschen des Windes über die Kornfelder drang an ihre Ohren.

Als sich der Staub legte stieg Claire aus und ging zum Kofferraum des Wagens. Sie holte eine große blaue Decke heraus und schaute zu Frank, der mittlerweile auch den Wagen verlassen hatte und Claire beobachtete. „Such uns 'nen schönen Platz." Mit dieser Bemerkung flog die Decke auch schon in Franks Gesicht.

Direkt neben dem Baum ließen sie sich nieder. Frank breitete die Decke aus und Claire leerte den Inhalt ihrer Einkaufstüten. Sie zog sich die Schuhe aus und kniete sich auf die Decke. Frank begutachtete die Nahrung, die seine Chefsekretärin erbeutet hatte. Eine Flasche Rotwein, verschiedene Sorten Käse, Baguette, Tomaten, frische Kräuter und zwei Gläser. Er schaute auf die Szenerie herab und wünschte sich eine Staffelei, um diesen Moment festzuhalten. Nachdem auch Frank sich der Schuhe und des Jacketts entledigt hatte, ließ er sich auf der blauen Decke nieder. Mit einem kleinen Messer, das er bei Claires Einkäufen fand, schnitt er ein Baguette der Länge nach auf und legte es vor sich auf die Decke. Claire öffnete den trockenen Rotwein und nachdem sie die Gläser gefüllt und eines an Frank gegeben hatte, schaute sie ihn mit ihren großen braunen Augen an. „Auf uns Frank…" „Warum auf uns, Claire?" Frank hob sein Glas und versuchte durch den dunkelroten Rebensaft das Gesicht Claires zu erkennen. „Na, Chef und Sekretärin…wir sind ein tolles Team, oder?" Frank lächelte: „Ja, das sind wir… Wobei nicht immer klar hervorgeht, wer hier der Chef ist…" und nippte an dem Glas Wein. Als der samtige Chateau De Tersac seine Kehle hinab glitt und er dabei Claires Gesicht vor sich sah, fühlt sich Frank für einen Moment frei und glücklich. Er beobachtete, wie Claire mit geschlossenen Augen ihr Glas an die Lippen setzte und trank.

Sein Blick wanderte über ihren sich straffenden Körper und verharrte auf ihrem wohlgeformten Busen. Als sie ihr Glas sinken ließ, bemerkte sie seinen Blick und errötete leicht. Sie fing an, das geschnittene Baguette mit Käse und Tomaten zu belegen und spürte den Blick von Frank auf ihrem Körper. Es war ihr nicht unangenehm. Frank senkte seinen Blick und versuchte etwas zu sagen... Sein Mund öffnete sich, aber es kamen keine Worte...

Erst nach einiger Zeit hob er den Kopf und schaute Claire fest in die Augen. „Ich habe mich in dich verliebt, Claire." Claire verharrte in ihrer Bewegung, hob nur leicht den Kopf und lächelte:"Ich weiß..." Sie schaute wieder zu ihrem Baguette, legte die letzte scheibe Tomate auf den weißen Käse und hielt Frank ihr Käse-Kräuter-Tomaten Baguette vor die Nase. „Na beiß schon ab." Frank schaute irritiert... "Ich meine das ernst, Claire." In seinen Worten schwang ein wenig Trotz mit. Claire lachte und sie hielt ihm das Baguette noch näher an den Mund. „Ich weiß, Dummerchen, beiß ab." Frank biss in das Baguette und da er etwas zu viel in den Mund nahm, rollte prompt ein kleines Stück Tomate über sein weißes Hemd. Kauend, dabei fluchend und mit den Händen wilde Bewegungen machend, schaute Frank an seinem Hemd herunter. Claire biss genüsslich ab und ihr Grinsen wurde immer breiter und breiter. „Iff haafe nuu daf eine Hemf." Immer noch kauend wischte sich Frank mit einer Serviette den Fleck von dem Hemd und begutachtete seine Hose. Als er den Kopf hob, das breite Grinsen von Claire sah, dabei noch bemerkte, dass sie essen konnte ohne das etwas herunterfiel, erstarrten seine Bewegungen. Nur noch ein langsames Kauen bewegte sein Gesicht und nachdem er den Mund wieder frei hatte musste er laut loslachen. Nun konnte auch Claire nicht mehr an sich halten und sie lachte auch los.

So saßen die beiden etwa zehn Minuten und lachten sich gegenseitig an. Frank hörte als erster auf, beugte sich schnell zu Claire und küsste sie auf den Mund. Claire erwiderte seinen Kuss und ließ es zu, dass er sie sanft auf die Decke drückte....

Bis zum späten Nachmittag lagen sie auf der Decke, sprachen kaum ein Wort.

Nur ihre Hände suchten die Haut des anderen. „Was machen wir nun Frank?" Eine kleine Unsicherheit schwang in Claires stimme mit. „Nichts, Claire... Der Job darf darunter nicht leiden und nach der Arbeit gehen wir unserer Wege... Oder möchtest du mehr?" Claire schloss die Augen und ihre Lippen bewegten sich kaum: „Vielleicht... und du?" Frank schaute in den Himmel: „Ja, ...vielleicht."

Er wollte gerade etwas hinzufügen, da klingelte sein Mobiltelefon. Er schaute auf das Display und dann anschließend auf Claire. „Deutschland", murmelte er und nahm das Gespräch an. Sofort war er wieder in der Welt die Claire so hasste. Er stand auf, schlüpfte in seine Schuhe und ging langsam zu dem großen Baum. Claire ordnete ihre Kleidung und packte die Sachen zusammen. Sie schaute zu Frank. Von dem Gespräch bekam sie nur Wortfetzen mit... aber sie wusste auch so, worum es ging. Es ging immer nur um das eine und er würde es ihr sowieso erzählen, weil sie die Termine dafür koordinieren musste. Ein Schmetterling flatterte dicht an Claire vorbei und sie verfolgte mit ihren Augen seinen Flug über die Felder der Provence. „Flieg fort kleiner Schmetterling", flüsterte Claire. „Ein Sturm zieht auf." Gedankenverloren setzte sie sich - nachdem sie die Sachen auf den Rücksitz des Wagens deponiert hatte - hinters Steuer und dachte über Frank nach.

Er war ihr Typ. Er interessierte sie. Sie fühlte sich auf seltsame Weise wohl bei ihm. Sie sah durch die Seitenscheibe, wie Frank langsam, telefonierend auf den Wagen zusteuerte. „...in Ordnung Klaus. Bis übermorgen Abend dann... Und reservier uns einen schönen Tisch im Braustuberl." Frank öffnete die Tür und setzte sich in den Wagen. Während er die Tür zuschlug, steckte er das Telefon in seine Tasche und sagte zu Claire gewandt: „Das war Klaus Hoffmann von den KMW Werken in München.

Übermorgen sind wir zum Essen dort eingeladen und bei der Gelegenheit können wir denen ein paar Prototypen zum Testen aus den Rippen leiern. Die Terminierung für die ersten Testläufe machst du bitte im Oktober, ja Claire?" Frank schaute zu Claire und plötzlich erinnerte er sich an etwas und blickte auf den Rücksitz. Dort lag die Anlasserkurbel und Frank fluchte leise. Er nahm die Kurbel, öffnete die Tür und stellte sich vor den Wagen. Als er sich gerade bücken wollte, drehte Claire mit einem kaum sichtbaren Lächeln den Zündschlüssel eine Position weiter. Der Motor sprang an und tuckerte seine bekannte Melodie. Frank hob langsam den Kopf und fixierte Claire. Sie klappte ihre Sonnenbrille herunter und lächelte nun sehr breit. Frank stieg wieder in den Wagen, warf die Kurbel nach hinten und knallte die Tür extra laut. „Clair..." Claire legte den Gang ein und führ langsam los." Ja Frank. Den Termin für Oktober... kein Problem." Frank schaute Claire verdutzt an und wieder mussten beide lachen. Claire gab Gas und sie brausten zügig der großen Stadt entgegen. Während der Fahrt sprachen sie kaum ein Wort. Frank hatte seine Hand auf ihrem Bein und in seinen Gedanken trieb er immer wieder zurück auf die Decke.

Trieb zurück in die Zeit, als ein schüchternes Mädchen vor seinem Büro stand, die Haare streng zurückgebunden, das dezente Make-up, eine Akte in der rechten Hand. Die cremefarbene Bluse, der schwarze Rock, die schwarzen Schuhe. Er war gefesselt von ihrem Wesen, ihrer Schönheit. Bestimmt fünf Minuten starrte er sie an und sie hielt seinem Blick stand. Und nun war alles anders. Er hatte eine Tür in eine fremde Welt geöffnet und diese Welt war schöner, verlockender und lebenswerter als seine eigene. Er hatte das Gefühl, dass er anfing zu leben... Seine Lippen formten ein Lächeln und er drehte seinen Kopf mit geschlossenen Augen zu Claire.

Sie entdeckte das Lächeln auf seinem Gesicht und sie lächelte auch.

In den späten Abendstunden erreichten sie die Werkstore von Dassault Aviation und die Soldaten der Fremdenlegion die vor dem Tor wache standen staunten nicht schlecht als ein roter 2CV mit quietschenden Reifen vorfuhr. Am Steuer eine gutaussehende Frau mit zerzausten Haaren, neben ihr ein Vertretergesicht mit bekleckertem Hemd. Auf dem Rücksitz eine leere Flasche Rotwein, überall Tomaten im Wagen verteilt, Käsebrote auf dem Schoß und zu guter Letzt Ausweise, die bekundeten, dass es sich hier um Vertreter des drittgrößten Rüstungskonzerns der USA handelte.

„Guten Abend meine Herren. Frank Morton und Claire des Moin von Alliant Techsystems North-Division. Wir haben einen Termin mit Francois Mergenac." Und als sich Claire noch die Haare aus dem Gesicht blies, lachten auch die beiden Legionäre, senkten ihre Waffen und öffneten das Tor.

⬜⬜

All das lief wie in einem Film vor ihr ab, als sie sich, noch die Tränen trocknend, wieder an ihren Schreibtisch setzte. Sie beobachtete das kleine Lämpchen auf ihrem Telefon und wartete bis es verlosch. Sie würde dann zu ihm zurück ins Büro gehen und diese Sache mit dem Schuss klären... Langsam stieg Zorn in ihr hoch. Warum hatte er eine Waffe in seinem Schreibtisch...? Und warum hatte sie nie seine Stimmung deuten können? Nach all den Jahren war er immer noch ein Rätsel für sie.

„Claire....was da eben passierte..." Seine Stimme schreckte sie aus ihren Gedanken.

Das Telefonat war nur kurz und Frank verließ daraufhin sofort sein Büro und stand nun neben Claire. „Es tut mir leid, sehr leid. Ich..." Claire schaute erwartungsvoll auf. „Ich... Der Vizepräsident hat mir gerade mitgeteilt, dass sich der Kongress unserer A-10 Sache annimmt und in den nächsten Wochen mit einer Entscheidung zu rechnen sei. Und so, wie er sich ausdrückte, wohl eine positive Entschei-dung." Claire - die eigentlich mit einer anderen Erklärung gerechnet hatte - bemerkte einen Glanz in seinen Augen. Einen Glanz, den sie seit Jahren schon nicht mehr bei ihm bemerkt hatte. Sie verzichtete vorerst auf Fragen und fiel ihm um den Hals. „Das ist ja klasse Frank. All die Jahre so viel Arbeit und endlich drehen sie sich."

Aus den Wochen wurden 6 Monate. Und am 24.12.2009 kam das Fax von der Poststelle des Kongresses bei Frank Morton an. Er raffte alle Akten des Projekts A-10 zusammen und schob sie in seinen Koffer. Dazu legte er noch das kleine gerahmte Foto von Nancy. Sie begleitete ihn immer auf seinen Reisen. Als er die oberste Schublade öffnete, betrachtete er für einen Moment die Pistole.

Seit dem Vorfall vor einem halben Jahr hatte er sie nicht mehr in der Hand gehabt. In der Schublade lag eines seiner Werkzeuge… Die Endgültigkeit. Nachdem er sich vergewissert hatte, dass Ihr Magazin voll war, packte er auch die Glock in den Koffer. „Claire, ich brauche einen Wagen. Bitte veranlasse alles Nötige." Er nahm seinen Mantel über den Arm und verließ sein Büro. Als er an Claires Tisch vorbei kam - sie telefonierte gerade mit Fred von der Fahrbereitschaft - beugte er sich zu ihr herüber und flüsterte in ihr Ohr: „Nimm dir morgen einen Wagen und komme nach mein Schatz. Ich brauche dich." Sie schaute kurz auf und nickte unmerklich.


Sie hatten das schon oft gemacht. Sie nahm sich einen Wagen aus der Bereitschaft und ließ sich nach Gooseberry Falls fahren. Die Fahrer nahmen sich ein Hotelzimmer in der Nähe und warteten.

〰〰

Um 14.45 Uhr verließ Frank das Gebäude und stieg in die schwarze Limousine ein, die am Haupteingang auf ihn wartete. „Wo ist Barney?", fragte Frank den Fahrer. „Barney hat Urlaub Sir. Ich bin die Vertretung. Mein Name ist Sammael. „Wie auch immer. Wissen sie, wohin es geht?", fragte Frank. „Natürlich Sir. Gooseberry Falls." „Na dann ist ja alles in Ordnung. Reden sie mich nur im Notfall an Sammy und fahren sie endlich los." „Aber sicher doch Frank", flüsterte der Fahrer unhörbar. Und wenn Frank in diesem Moment in den Innenspiegel geschaut hätte, wären ihm die rötlichen Augen des Fahrers aufgefallen. So aber hatte er schon das Laptop hochgefahren und ordnete seine Akten.

Die vier Stunden Fahrt bis Gooseberry Falls wollte er mit Arbeit verbringen. Er dachte an Claire. Sie fehlte ihm immer mehr. Diesen Punkt würde er in seinem Haus morgen wenn sie ankam direkt mit ihr klären.

Der im Fond sitzende Frank Morton öffnete den Aktendeckel mit der Aufschrift **A-10 – II** und nahm nicht mehr wahr, wie die schwarze S-Klasse beschleunigte und sich in den Feierabendverkehr nach Minneapolis einfädelte.

## Miguel, Hoi & Bill

Miguel Cortez wusch sich die Hände und schaute in den Spiegel des kleinen Waschraums. Er sah einen Mann, 40 Jahre alt, hervorstehende Wangenknochen, unrasiertes Gesicht, pechschwarze volle Haare und wache freundliche graublaue Augen. Müde war er. Obwohl er ausreichend geschlafen hatte, könnte er sich jetzt so ins Bett legen. Aber an diesem 24.12. um 12.00 Uhr begann seine Schicht und die hörte erst am 25.12. um 12:00 Uhr wieder auf. Es war kurz nach zwei als der kleine, aber drahtige Rettungs- sanitäter den Waschraum verließ und zurück in den kleinen Aufenthaltsraum ging, in dem schon Hoi Tanaka, der zweite Sanitäter und William „Wild-Bill" Morrison, Hubschrauber- pilot mit Karten in der Hand auf Miguel warteten.

Der kleine Aufenthaltsraum an der kanadischen Grenze direkt am Ufer des Lake Superior bestand praktisch nur aus einem großen, eckigen Tisch mit acht Stühlen. An der Wand neben der Eingangstür stand ein kleines Funkgerät auf einem kleinen Tisch. Das permanente Rauschen aus dem uralten Gerät nahmen die drei Männer nicht mehr wahr. Im Dunst ihrer Zigaretten waren die Pokerkarten die einzige Konstante in ihrem Universum. Als Miguel sich setzte schaute er seine Mitspieler argwöhnisch an: „Wehe ihr bescheißt mich!" „Was dann?", entgegnete Hoi und versuchte dabei ernst auszusehen. Es gelang ihm nicht. Der etwas dickliche Japaner hatte ein zu freundliches Gesicht, als dass er je grimmig schauen könnte. Hoi musste selber lachen und auch Miguel konnte sich ein Grinsen nicht verkneifen. Einzig Wild-Bill saß zusammengesunken auf dem Stuhl, blauer Dunst umnebelt sein Gesicht und er murmelte: „Ich brauche nicht zu bescheißen.

Ich spiel euch alle an die Wand!" Mit diesen Worten warf er sein Blatt auf den Tisch und zwischen seinen Lippen presste sich ein „Sehen" raus. Alle legten ihre Karten auf den Tisch und Hoi, der nun überhaupt keine Ahnung vom Pokern hatte, gewann schon wieder. Bill fluchte laut und stand auf: „Mistbande... Mit euch spiel ich nicht mehr. Ich geh mal raus. Frische Luft schnappen und nach Betsy schauen." Die zwei Sanitäter erhoben sich ebenfalls von den Stühlen und Miguel erwiderte: „Ist gut Bill. Wir sind bei der Ausrüstung und checken alles durch."

Oben an der Kanadischen Grenze passierte eigentlich selten etwas, aber ein langes Wochenende stand vor der Tür und somit auch die Wahrscheinlichkeit, von unvorsichtigen Touristen, die die Gefahren der Wildnis oder die des Sees unterschätzten. Die amerikanische Regierung unterhielt an der Grenze zu Kanada diesen kleinen Erste-Hilfe-Posten. Dank des Helikopters waren die umliegenden Hospitäler Thunder Bay in Kanada oder Duluth auf der Amerikanischen Seite schnell zu erreichen.

⬜⬜

Und an diesem Helikopter stand Bill nun. Seine „Betsy" war eine in die Jahre gekommene Bell UH-1D. Fast 30 Jahre hatte sie schon auf dem Buckel und 2002 wurde eine Blindflugausrüstung installiert, damit sie als Rettungshubschrauber auch nachts oder bei Nebel fliegen durfte.

Bill hatte tausende von Flugstunden auf diesem Typ. Im Golfkrieg flog er mit einem baugleichen Modell Nachschub - meist Toilettenpapier und Hygieneartikel - zu den vordersten Linien in der Wüste.

Mit zwölf Jahren ließ ihn sein Vater das erste Mal an den Steuerknüppel einer zivilen UH-D1 und für 15 Sekunden fühlte sich der junge Bill wie sein Vater, der 1966 mit seiner „Huey" - wie sie die Soldaten nannten - in Vietnam dicht über den Dschungel kreiste. Sein Vater hatte ihm nach dem Krieg jeden Abend am Tisch immer neue Geschichten übers Fliegen erzählt und Bill hing an den Lippen seine Vaters wie ein Jünger an Jesus. Aber bevor die Bell abschmierte, übernahm der Vater wieder die Kontrolle und verteilte mit seinem Sohn das restliche Unkrautvernichtungsmittel über den Felder Michigans.

Bill überprüfte die Maschine äußerst gründlich. Nichts durfte dem Zufall überlassen werden. Nach einer Stunde verließ er den Hangar und schlenderte mit einem Lied auf den Lippen wieder zurück in den Aufenthaltsraum. Er dachte an die beiden Sanis. Sie waren in Ordnung. Gute Menschen, wie Bill immer zu sagen pflegte. Er kannte die beiden schon Jahre. Sie machten immer dieselben Schichten und so sahen sie sich regelmäßig alle 4 Wochen.

Bill hatte keine Lust den Job des Vaters zu übernehmen und Unkraut zu beseitigen. Er wollte ein Held sein, trat in die Army ein und wurde Helikopter Pilot. Ein Traumjob. Er war jung, alles war ein Spiel. Schicke Uniformen, die Mädchen lagen ihm zu Füßen… Geschossen wurde immer nur auf Pappscheiben. Abends im Offizierskasino prahlten die jungen Männer mit ihren Flugkünsten, den waghalsigen Flugmanövern.

Als sich die Lage in dem kleinen aber immens reichen Land in Saudi-Arabien immer mehr zuspitzte und die ersten Gerüchte eines drohenden Krieges zu den Piloten gelangten, waren Bill und seine Kameraden bereit. Die Gerüchte mehrten sich und das Training wurde intensiver.

Die Helikopter waren nun stundenlang in der Luft. Betankung in der Luft unter Gefechtsbedingung. Schießen aus der Deckung, Verhalten bei Abschuss hinter den feindlichen Linien, Überleben in der Wüste... Nach 14 Stunden Übungskampf erholten sich Bill und seine Kameraden bei Dosenbier und Coppolas „Apocalypse Now", der Dauerbrenner in dem Kleinen Kino neben dem Offizierskasino. Und bei jedem getöteten Feind grölten die Soldaten und wünschten sich ihren Einsatz herbei.

Bill wurde in einem kleinen Kaff 25 km westlich von Köln stationiert. Dort wurden die Kampfhubschrauber seiner Staffel auch mit der neuen radioaktiven Munition ausgestattet. Nach nur zwei Wochen ging es über Italien und mit dem Flugzeugträger USS Independence nach Saudi Arabien. Als einer der ersten von über 570.000 amerikanischen Soldaten betrat er den fremden Boden. Das Thermometer zeigte über 45 Grad im Schatten und schon nach 5 Minuten hasste Bill dieses Land.

Als der Krieg begann flog Bill einen Apache Kampfhubschrauber, ausgerüstet mit der modernsten Nachtflugtechnik und den tödlichsten Waffen. Er wurde mit zwei anderen Helikoptern seiner Staffel einer Spezialeinheit Großbritanniens zugeteilt. Seine Aufgabe bestand darin feindliche Raketenstellungen aufzuspüren und zu vernichten. Als die Satelliten der USA eine mögliche Abschussbasis in der irakischen Wüste aufspürten, ging es für Bill endlich los.

Nach dem Briefing mit den Soldaten des britischen SAS bestieg Bill und sein Bordschütze ihren Apache AH64. Es war eine klare, kalte Nacht über der irakischen Wüste und das grüne Licht der Restlichtverstärker tauchte die sandige Umgebung in unwirkliche Farben.

Der Rosafarbene Jeep der Special Air Service Einheit wurde mit einem Transporthelikopter, flankiert von den drei Apache kurz vor den ermittelten Koordinaten im Dunkel der Wüste abgeworfen. Nachdem das Team den Jeep geborgen und die Ausrüstung überprüft hatte, fuhren sie in hoher Geschwindigkeit ihrem Ziel entgegen. Bill und seine Kameraden flogen in knapp 100 Meter darüber und beobachteten das Gelände.

Woher plötzlich der Lastwagen kam, konnte Bill später vor dem Untersuchungsausschuss in Brüssel nicht mehr sagen. Ein Alter russischer 12-Tonner mit Plane fuhr mit hohem Tempo durch die Dunkelheit genau auf die Männer des SAS Teams zu. Bill vermutete einen hinterhältigen Sprengstoffanschlag. Er entsicherte die Bordkanone und senkte die Helikopternase um 30 Grad nach unten. Stealthmodus aktivieren, Triebwerk 70%, Trägheitsautomatik einschalten, Waffensperren lösen… die Worte seines Trainers dröhnten in Bills Kopf. Er hatte das tausendmal trainiert und nun kam ihm das alles so neu vor.

Sein Bordschütze hinter ihm brachte die Flugabwehrraketen online und warnte das SAS Team am Boden. Bills Headup-Display formte ein rotes, an vier Seiten geöffnetes Viereck in seinem Sichtfeld. Es sprang sofort auf den Näher kommenden Laster, als es ihn komplett umschloss, färbte es sich Grün und seine Seiten waren geschlossen. Sechs Buchstaben blinkten auf und besiegelten das Schicksal des LKWs: „Locked". Und Bill drückte den kleinen Knopf an seinem Steuerknüppel.

Der Ton glich einem gedämpften Nebelhorn - dumpf und durchdringend. Eine riesige Hand schien den Hubschrauber sanft nach hinten zu drücken.

Die Trägheitsautomatik stellte den Winkel der Rotorblätter sofort um, erhöhte geringfügig die Leistung der Turbine und hielt den Apache in der ursprünglichen Schussposition.

Bill hielt den Abzug gedrückt und feuerte über 400 Schuss ab. Das glühende Rohr der Bordkanone von Alliant Techsystems verwandelte den Lastwagen in eine einzige große Splitterwolke. Hellgrüne Körper rollten sich aus dem funkenden Fahrzeug und auch diese großen, hellgrünen Körper wurden in kleine hellgrüne Splitter geschossen. Im grellen, grünen Licht des Testlichtverstärkers sah alles aus wie ein Computerspiel. Bills Herz schlug bis zum Hals und im Kopfhörer konnte er auch den Atem seines Kameraden hören. Vor ihnen lag ein riesiges Trümmerfeld aus zerfetztem Metall und Körpern.

Das SAS Team näherte sich dem Trümmerfeld, schritt durch die zerrissene Wüste und nachdem die Gegend für sicher befunden wurde, meldete sich Major Soap vom SAS Team Ihrer Majestät: „Welcher von euch Vollidioten hat geschossen? Ein LKW voller Zivilisten. Gute Arbeit meine Damen. Soap out."

Bill überflog das Gelände, schaltete die Scheinwerfer ein und sah was die Kanone - was ER angerichtet hatte. Ihm wurde so schlecht, dass er sich übergeben musste. Sein Bordschütze flog den Apache zurück zur Basis.

Als der Helikopter den Boden berührte, öffnete Bill die Einstiegsluke, stieg aus und ging in Richtung der Zelte die 50 Meter entfernt standen. Er nahm den Helm ab, lies ihn einfach fallen und ging auf das erste Zelt zu. Er trat ein und es empfing ihn der Geruch von Stoff, Schweiß und Leder. Bill kniff die Augen zusammen und schaute langsam von rechts nach links. Acht Betten rechts, akkurat gemacht mit den Holzkisten am Fußende.

Acht Betten links, ebenfalls akkurat. Auf dem Vorletzen lag ein Sturmgewehr. Bill ging schnell zu dem Bett, nahm das Gewehr, entnahm das Magazin, prüfte ob es voll war, schob es wieder in die Waffe und lud durch. Er setzte sich auf das Bett, steckte das Ende des Laufs in den Mund, drehte den Feuerwahlhebel auf **Auto** und betätigte den Abzug.

„Klick." Nichts passierte. Bill schossen die Tränen aus den Augen. Er zog den Spannschieber nach unten. Die Patrone fiel heraus, die nächste Patrone wurde zugeführt, der Verschluss verriegelte und - da Bill noch den Abzug gedrückt hielt und die Waffe auf Dauerfeuer stand -löste der Schlagbolzen aus. „Klick." Nichts passierte. Und wieder lud er durch. Die zweite Patrone landete auf dem mit Sand übersäten Zeltboden. Erneut lud er durch, aber kein Schuss löste sich.

„Was machst du da mit meiner Waffe, Arschloch?" Eine dunkle Frauenstimme dröhnte in seinen Ohren. Und bevor er den Kopf drehen konnte, spürte er schon ein Knie in seiner Seite und eine Handkante an seinem Kopf. Die Mündung des Gewehrs wurde aus seinem Mund mit Gewalt heraus-gezogen. Dabei verlor er einen Zahn. Nun sah er nach rechts und erblickte eine ca. 20 Jahre junge Schwarze. Ihr mäch-tiger Busen bebte unter dem hellbraunen T-Shirt, das Gewehr in der Rechten, die linke Hand zur Faust geballt. Sie entlud die Waffe, warf sie auf das Bett hinter ihr und packte Bill am Kragen.

Sie wollte gerade zum Schlag ausholen da ertönte hinter ihr eine Stimme. „Was ist hier los, Private?" Jane Moralez drehte sich um und schaute direkt in die Augen eines Captains der Army. Augenblicklich stand Jane stramm, schaute den Captain an und meldete den Vorfall.

Der Offizier nickte und befahl Jane ihre Waffe prüfen zu lassen und ansonsten den Vorfall zu vergessen. Er würde sich um alles kümmern. Jane salutierte und verließ nach dem Befehl mit klopfendem Herzen das Zelt.

Nachdem der Offizier sich sicher sein konnte, dass sich Jane nicht mehr in Hörweite befand setzte er sich neben den immer noch unter Tränen stehenden Bill. Blut quoll aus der Stelle wo einst sein rechter Eckzahn war. „Mein Gott Bill, was hattest Du vor?" Bill drehte sich zu seinem Bordschützen um. Er schüttelte den Kopf und schaute auf den Boden, wo noch immer die Patronen lagen. „Ich habe das hier nicht gesehen Bill. Mehr kann ich für dich nicht tun. Und nun komm. Wir müssen zum Alten die Sache mit dem LKW melden. Sie werden dich schon nicht auffressen."

Sie fraßen ihn nicht auf. Bill wurde suspendiert und bis zu seiner Anhörung wurde er von der kämpfenden Truppe getrennt. Er bekam den Posten auf einer alten Bell und flog von diesem Zeitpunkt an nur noch Nachschub. Seit jener Nacht hatte er nie mehr richtig geschlafen. Jede Nacht kamen die Bilder wieder. Kamen die stummen Schreie in seine Träume und hielten ihn wach und nur wenn er heute als Rettungspilot irgendjemand helfen konnte, dann kam ein kleines Stück seiner Seele zur Ruhe.

Private Jane Moralez gehörte zu der USMC Einheit, die den Präsidentenpalast stürmte. Sie und ihre Kameraden lieferten sich stundenlange Gefechte mit der republikanischen Garde Saddam Husseins. Sie feuerte über 3.000 Patronen in der Zeit des Golfkrieges ab. Ihre M4A1 versagte kein einziges Mal. Jede Patrone zündete.

〇〇

Bill betrat wieder den Aufenthaltsraum. Miguel und Hoi waren schon lange fertig mit der Überprüfung ihres Equipments und saßen wieder am Tisch. Hoi hatte sein kleines Radio auf den Tisch gestellt und beide hörten Nachrichten.

Bill setzte sich an den Tisch, steckte sich eine Zigarette in den Mund, zündete sie mit einem Streichholz an und sog den Qualm tief ein. Miguel beobachtet die Szene und wendet sich sogleich ab. Er schloss die Augen und wieder sah er sich als 10-jährigen an der Hand seiner Mutter durch das Flughafengebäude von Mexikostadt.

〰〰

Er und seine Mutter warteten auf die Ankunft seines Großvaters, standen aber am falschen Schalter. Nach der klärenden Ansage hetzte seine Mutter mit ihm im Schlepptau durch das große Terminal - vorbei an den großen Scheiben, von wo man direkt auf das Rollfeld schauen konnte. Der kleine Miguel sah gerade aus einem dieser Fenster und verfolgte, wie ein Flugzeug ungebremst gegen einen auf dem Rollfeld stehenden Tankwagen prallte, in Flammen aufging und sich langsam auf Miguels Position zubewegte. Seine Mutter bemerkte nichts davon und weil sie von der jungen blonden Flughafenangestellten zum falschen Schalter geschickt wurden, überlebten beide die folgenden Minuten.

Kurz nachdem die zwei das große Fenster zur Rollbahn passiert hatten, bohrte sich die brennende DC-10 in das Flughafengebäude. Sofort brannte alles und die Menschen liefen wie lebendige Fackeln durch die große Halle. Schnell lag ein süßlicher Geruch in dem Gebäude. Tonnen von brennendem Kerosin ergossen sich über die vielen Menschen im Terminal.

Abseits standen Miguel und seine Mutter. Starr vor Angst konnten sie sich nicht mehr bewegen und verfolgten das Drama bis zum Eintreffen der Flughafenfeuerwehr.

Miguel konnte diese Bilder nie vergessen, jede Nacht kamen die Schreie, die Bilder, der Geruch… Nach diesem Unglück stand fest, was er mal werden wollte. Ein Helfer. In Mexiko hatten nur wenige geholfen. Viele hätten gerettet werden können, wären sie nur rechtzeitig behandelt worden. Miguel wurde Rettungssanitäter und kam im Zuge einer Fortbildungsmaßnahme nach Minneapolis von wo er dann zur amerikanisch-kanadischen Grenze aufbrach.

Er öffnete die Augen und schaute zu Hoi herüber. Der dickliche Japaner mit dem runden Gesicht und dem zufriedenen Buddha-Lächeln lauschte der Musik des kleinen Radios.

◻◻

Hoi´s Vater, Soichiro Tanaka, war ein angesehener Bau-Ingenieur in Japan und hatte sich einen Ruf erarbeitet. Doch das sehr traditionell veranlagte Japan konnte sich mit seinen teils revolutionären Ideen immer weniger anfreunden und so fehlten ihm die Aufträge und immer mehr das nötige Kleingeld, seine kleine Familie zu ernähren. So beschloss er, nach tagelangen Diskussionen mit Frau Tanaka Japan zu verlassen und in Amerika Karriere zu machen.

Für Hoi, zu diesem Zeitpunkt gerade mal 8 Jahre alt, begann eigentlich nur ein großes neues Abenteuer und er freute sich auf das ferne Land. Als sie im September 1971 auf dem Flughafen Nagoya in die 747 der United Airlines stiegen, schauten Soichiro Tanaka und seine Frau noch ein letztes Mal zurück. Der kleine Hoi wusste noch nicht, ob er nun Angst haben oder sich freuen solle. Diese große schöne Frau am Eingang des Flugzeuges lächelte ihn herzlich an. Er hatte noch nie so große westliche Augen gesehen.

Der Flug verlief ruhig. Nach dem Hauptfilm schliefen die Eltern von Hoi, er jedoch saß direkt am Fenster schaute auf die große Tragfläche an der rechten Seite der Boeing. Die Klappen bewegten sich manchmal, wenn der Pilot Kurskorrekturen vornahm und die Triebwerke zogen weiße Kondensstreifen hinter sich her. Alles war so unheimlich spannend, die Bewegungen und das leise Ächzen des Rumpfes der noch neuen Maschine. Hoi starrte hinaus. Nur Wasser unter ihm und er fragte sich ob da unten gerade jemand zu ihm heraufschaute.

Sein Blick ging wieder zum äußersten Triebwerk. Der feine weiße Kondensstreifen von vorhin war fast verschwunden. Das Triebwerk daneben hatte noch einen breiten Strahl, das äußere hatte nun keinen mehr. Plötzlich gab es einen sanften Ruck und Triebwerk 4 stand still.

Das Höhenruder bewegte sich wieder, der Autopilot hatte den Ausfall registriert, eine Warnmeldung ausgegeben und die Fluglage korrigiert. Dann wurde der Strahl von Triebwerk 3 dünner. Hoi schaute gebannt auf die Dinge die sich da anbahnten.

Auch Triebwerk 3 schaltete ab. Jetzt war der Ruck stärker zu spüren und Hoi spürte wie sich das größte Flugzeug der Welt nach rechts legte. Die rechte Tragfläche fiel nach rechts unten ab und durch die Schräglage der Maschine rutschten einige Gläser von den Tischen.

Die Stewardessen schauten sich an. Ratlose Blicke, aber keiner der Passagiere schien nervös zu werden. Die meisten schliefen schon und die restlichen noch halbwegs wachen schauten den Film auf der Leinwand. Hoi beobachtete, wie das Höhenruder steil nach oben zeigte, aber die große Lady war träge, sehr träge… sie drohte nach rechts abzukippen.

Plötzlich waren sie da. Sie kamen aus dem Nichts. Vier kleine Lichter, jedes so groß wie ein Tennisball. Sie umkreisten die rechte Tragfläche mit einem irren Tempo, flogen ein Stück mit, ließen sich zurückfallen, schlossen wieder auf. Hoi riss die Augen auf. Träumte er? Hektisch blickte er sich um. Außer ihm schien niemand diese Lichter zu bemerken. Die vier Lichter bildeten eine Linie und flogen unterhalb der Tragfläche, zwischen den beiden ausgefallenen Triebwerken.

Und Hoi spürte, dass das Flugzeug an der rechten Seite hochgehoben wurde. Ganz sanft nahm die Boeing wieder eine stabile Lage ein. Hoi verließ das Fenster nicht mehr und auch als sie kurz vor dem Aufsetzen in Chicago die Sicherheitsgurte anlegen mussten und seine Mutter ihre liebe Not hatte, ihm den Gurt anzulegen, auch da beobachtete er die vier kleinen Lichter. Den ganzen Flug über hielten sie das schwere Flugzeug gerade.

Als das Fahrwerk den Boden von Chicago O´Hare berührte und der Pilot auf der längsten Landebahn kurz vor den Fangzäunen noch zum Stehen kam, da flogen die vier Lichter auseinander. Hoi hatte den Eindruck, sie würden ihn noch zum Abschied grüßen, dann stiegen sie in den Himmel und waren verschwunden. Hoi erzählte aufgeregt seinen Eltern von dem Vorfall, aber sie glaubten ihm nicht. Sie hatten nichts gesehen und auch sonst niemand in dem Flugzeug hatte irgendetwas bemerkt. Hoi sprach nie wieder mit irgendjemanden über diesen Vorfall.

&#9744;&#9744;

Mr. Tanaka gründete in Chicago ein Architekturbüro. Hoi ging auf das beste College der Stadt, studierte Medizin und bekam eine Stelle als Arzt in dem Krankenhaus von Duluth am Lake Superior.

Die Ermittler der FAA kamen zu dem Ergebnis, dass eine geplatzte Treibstoffleitung die Ursache für den Totalausfall der Triebwerke 3 und 4 war. Der Grund für das Platzen der Leitung konnte nie ermittelt werden. Und nur durch das schnelle und beherzte Eingreifen der Piloten konnte eine Katastrophe verhindert werden.

# Diner

Sie waren schon seit einer Stunde auf der Interstate 35 unterwegs, vorbei an kleinen Siedlungen, weiten Feldern die mit einer weißen Decke überzogen wurden. Die untergehende Sonne tauchte die verschneiten Felder und einzelne Bäume in ein orangenes Licht. Eiskristalle an den Telegraphenmasten entlang der Straße glitzerten im Abendrot.

Im Fond der gepanzerten Limousine saß Frank über seinem Computer und ging die Verträge durch, die in einer Woche zur Unterschrift dem Präsidenten der Vereinigten Staaten vorgelegt werden sollten. Für die Schönheiten der Natur hatte er keine Blicke übrig. Durch die schwarzen Scheiben des Mercedes konnte man auch kaum etwas erkennen. Mittlerweile hatte er es sich bequem gemacht. Das Jackett und die Schuhe lagen neben ihm auf dem Sitz, aus der Musikanlage tönte die rauchige Stimme Sinatras und der schottische Whisky glänzte bernsteinfarben in dem Glas, das in einer Aussparung in der Mittelkonsole seinen Platz fand.

Das Telefon Klingelte. Claire war dran. „Du arbeitest noch Claire?", sagte er leicht verwundert. „Hallo Frank. Ich bin schon auf dem Sprung. Wollte gerade los, da kam ein Fax aus Langley mit den aktuellen Zahlen. Ich denke, es interessiert Dich?" „Ja Liebes, darauf habe ich gewartet. Jag es durch". „Ist unterwegs Frank. Wir sehen uns Morgen Abend. Küsse Dich." Das Knacken in der abhörsicheren Verbindung trennte ihn von dieser wunderschönen Stimme. Hatte er ihr das eigentlich mal gesagt? Er nahm das Whisky Glas von der Konsole, klappte sie auf und wartete auf Claires Fax. Er schloss seine Augen und wünschte, sie wäre jetzt bei ihm.

Das Fax kam und als das Wappen des CIA oben rechts in der Ecke auftauchte machte Franks Herz einen Sprung. Wie lange hatten sie auf die aktuellen Zahlen und Daten gewartet... Diese Geheimfuzzies trauten sich selbst nicht über den Weg. Insgesamt fünf Blätter kamen aus dem Fax und als das die Übertragung beendet war, schaltete sich das Fax ab. Frank lehnte sich zurück, sein Blick streifte den Fahrer. Sammy, oder? Aber der schaute teilnahmslos auf die Straße. Seit der Abfahrt hatte er kein Wort mehr gesprochen.

Die Blätter vor ihm waren interessanter. Er pfiff durch die Lippen. Sie hatten doch viel mehr Flugzeuge als offiziell bekannt war - viel mehr. Seine Firma konnte nun in den nächsten 10 Jahren 613 Erdkampfflugzeuge vom Typ Fairchild-Republic A-10 mit nuklearen Geschossen für die Bordkannone und Steuerungselektronik für die Luft-Boden-Raketen ausrüsten. Dazu noch Schulungen, Support und Wartung überall dort, wo die Flugzeuge im Einsatz waren.

Wie viele Jahre hatte er darauf gewartet… Was ist alles in den Jahren passiert? Bilder von damals überfluten sein Gehirn. Die Nächte unter der kleinen Schreibtischlampe, der alte abgegriffene Taschenrechner, die unzähligen Pizzakartons, die sich hinter ihm stapelten. Das Foto von Rose auf seinem Schreibtisch, die Tränen im Gesicht von Nancy, als sie das Haus verließen und die vier tonnenschweren Bleibehälter, in denen man die Überreste seiner Freunde aus dem fernen Russland - bedeckt mit der Amerikanische Flagge - aus der Transportmaschine rollte. All das für diese fünf Blätter… Er leerte das Glas Whisky in einem Zug und stellte es wieder ab.

Die schwarze Limousine glitt lautlos durch die waldreiche Gegend im Norden Minnesotas. Die Straße wurde kurviger, durch die hohen und dichten Bäume kam nur noch wenig Sonnenlicht.

Frank schaute aus dem linken Seitenfenster und durch die schwarze Färbung sah er die Sonne nur noch als kleine Lichtpunkte zwischen den Bäumen blitzen. Drei Stunden waren sie schon unterwegs. Bald mussten sie ankommen. Er schaute auf den Bordcomputer rechts neben dem Fahrer, wo auch das aktuelle Bild vom Navigationssystem flimmerte. 17:56 Uhr zeigte das Display und Frank lehnte sich zurück. „Gleich ist es soweit", dachte er und schloss die Augen. Ein paar Tage Urlaub am See. Mit dem Boot raus, Fischen gehen, vielleicht auf die Jagd... Ihm fehlte noch so einiges für seine Holzwand um den Kamin herum... Den Schuppen aufräumen... Seine Gedanken wanderten wieder Zu Claire. Sein Kopf wurde schwer und er merkte nicht mehr, wie der Mercedes beschleunigte. Frank nickte ein.

☐☐

Als Frank die Augen öffnete, war um ihn herum alles dunkel. Er sah den leeren Fahrersitz und durch die Frontscheibe des Wagens sah er Sterne am wolkenlosen Himmel funkeln. Es war mittlerweile stockdunkel und Frank schaute auf seine Armbanduhr. Sie zeigte kurz nach 18.00 Uhr am 24. Dezember 2009.

Warum hielten sie hier? Das hier war auf keinen Fall Gooseberry Falls. Frank schaltete die Innenbeleuchtung ein und suchte seine Schuhe. Hektisch streifte er sie über, nahm sich seinen Mantel und verließ den Mercedes. Kalte klare Luft schlug ihm entgegen und er schloss den Mantel bis zum obersten Knopf. Als er sich umschaute, erkannte er, dass er an einer Tanksäule stand. Eine kleine Tankstelle mit zwei Säulen, ein Kassiererhäuschen und direkt daneben ein schmaler Anbau auf dessen Dach in roter Leuchtschrift **Diner** ständig aufleuchtete.

Durch die schmierigen Scheiben konnte man nicht ins Innere des Schnellrestaurants schauen. Etwa 50 Meter neben dem schmalen Anbau stand ein uralter Greyhound Bus mit schwarzen Scheiben. Einige Personen standen vor dem vorderen Eingang und bestiegen langsam, wie in Zeitlupe den Bus.

Frank dachte nach. Er war schon oft diese Strecke gefahren. Diese Tankstelle wäre ihm aufgefallen. Bis zu seinem Haus waren es nur knapp 200 Meilen und der Mercedes war vollgetankt, also warum hielt dieser Sammy hier an? Wo steckte er überhaupt? Frank schlug den Kragen hoch und machte sich auf den Weg ins **Diner**.

Als er die fettbeschmierte Schwingtüre mit dem Fuß aufstieß, wehte ihm der Geruch von verdorbenen Lebensmitteln, vermischt mit kaltem Zigarettenrauch, Schweiß und was auch immer noch in der Luft lag... Schwefel?... entgegen.

Er betrat den Raum. Direkt vor ihm war der Anfang eines langen Tresens, der sich etwa 20 m nach links erstreckte. Am Ende des Tresens erkannte Frank eine weitere Schwingtür. Sie schlug gerade zu und er erkannte dahinter noch den wartenden Bus.

Der Boden war mit schwarz-weißen Kacheln gefliest, die schon bessere Tage erlabt hatten - so wie der Rest des Diners. An den Wänden hingen Fotos, unzählige Fotos. Schwarzweiße, bunte... sie zeigten einfache Menschen, Frauen, Männer und Kinder - jeden Alters und Hautfarbe.

Frank schritt an den kleinen runden Tischen vorbei und er bemerkte, dass keine Stühle an den Tischen standen. Am Ende des Tresens stand ein etwa 50-jähriger dicker Mann, rotkariertes Hemd, Jeans und Turnschuhe.

Sein Kopf war puterrot und er gestikulierte wild mit dem Mann hinter dem Tresen. Dieser trug ein weißes Hemd, eine Kochschürze und die passende Mütze dazu. Ruhig stand er da, hörte dem Dicken in dem roten Hemd wohl zu… Frank verstand kein Wort. Er war bis auf drei Meter herangekommen und hörte nicht, was die beiden sprachen. Er sah nur den aufgerissen Mund des Dicken und die Lippenbewegung des Kochs. „Entschuldigen Sie bitte die Störung", sprach Frank den Koch an. Sofort verstummten beide Männer und schauten ihn an. „Ist hier ein Mann in Fahreruniform hereingekommen? Ein Weißer, ca. 50 Jahre alt?" Der dicke Mann drehte sich um und ging wortlos in Richtung hinterer Tür. „Ich wollte ihre Unterhaltung nicht unterbrechen, entschuldigen Sie bitte", rief Frank dem Dicken hinterher.

„Er kann Sie nicht mehr hören und wir waren bereits fertig." Eine dunkle Frauenstimme ließ Frank aufschrecken. Der Koch war verschwunden, stattdessen stand dort eine schlanke Frau mittleren Alters mit kurzen, rötlichen Haaren und grünen Augen. Um ihre Hüften war eine schwarze Schürze gebunden und eine schwarze Bluse mit großzügigem Ausschnitt bedeckte ihren Oberkörper. „Wo ist der Koch", fragte Frank verwundert und aus den Augenwinkeln sah er, wie der dicke Mann die Schwingtür öffnete und in Richtung Bus schritt. „Der Koch ist wieder in der Küche, Sir. Kann ich Ihnen helfen?" Ihre Stimme verwirrte Frank. Diese Stimme nahm keine Befehle entgegen, sie gab Befehle. Das konnte er heraushören und mit misstrauischem Blick wiederholte er seine Frage nach seinem Fahrer. Auf ihrem üppigen Busen prangte ein kleines Namensschild, aber es war leer. Nichts war in das Metall eingraviert. Sie deutete mit dem Kopf in Richtung Tür, wo auch der dicke Mann durchgegangen war. „Ist vermutlich dort hinaus."

Frank nickte. Das hätte er sich auch selber denken können und ließ die Unbekannte am Tresen stehen.

Er trat zur Tür und auch diese stieß er mit dem Fuß auf. An dem Bus leuchteten bereits die Bremslichter auf. Frank beschleunigte seine Schritte und erreichte den Bus in dem Moment, als der dicke Mann einstieg. Durch die schwarzen Fenster konnte er nicht in den Bus schauen, aber wenn er sich an die Schlange erinnerte, die er bei seiner Ankunft an der Tankstelle bemerkte, musste der Bus ziemlich voll sein.

Mit keuchendem Atem erreichte er das vordere Teil des Busses und er schaute hinein zum Fahrer. Der dicke Mann versperrte Frank die Sicht und als der Mann immer noch wild gestikulierend in den Passagierbereich trat, konnte Frank den Fahrer sehen. „Sammy, … was…?" Sprachlos stand Frank vor dem Bus und sah seinen Fahrer am Steuer des alten Greyhound. „Hallo Frank. Der Bus ist voll, leider. Du hast noch Zeit." Und mit einem breiten Grinsen fügte er hinzu „Samael ist mein Name, merk ihn dir."

Mit diesen Worten betätigte er den langen Hebel an seiner rechten Seite und die Türen schwenkten zu. Lautlos setzte sich der Bus in Bewegung, fuhr den kleinen Weg zur Hauptstraße hoch, bog ein und entfernte sich rasch. Frank schaute ihm noch lange hinterher. Aus seiner Verwunderung wurde langsam Wut. Zorn stieg in ihm auf und er kramte sein Mobiltelefon aus der Jacke. Aber außer einem müden Piepsen konnte er dem Gerät nichts entlocken. **Kein Netz** stand auf dem Display. Wütend ging er zurück zum Wagen. Die bordeigene Telefonanlage war um einiges stärker als ein Mobiltelefon. In Gedanken war er schon bei Fred von der Fahrbereitschaft. Diesen Sammy würde er sich vorknöpfen, ach was, feuern würde er ihn und wenn Fred im blöd kommen würde, konnte er auch direkt seine Papiere nehmen.

Schnaubend erreichte er den Mercedes, riss die Beifahrertür auf und setzte sich auf den Sitz. Ihm fiel sofort der Zündschlüssel auf, der noch im Schloss steckte. Frank drehte fast durch, wenn der Wagen jetzt nun gestohlen worden wäre? Mit den Unterlagen über das Projekt im Fond… Wie ein Besessener drückte er auf dem Bordcomputer herum, aber das Telefonsystem blieb stumm. Er schlug auf das Display ein, aber auch dort tat sich nichts. Er zog den Zündschlüssel ab, verließ den Wagen und nachdem er sich vergewisserte hatte, dass er abgeschlossen war, ging er wutentbrannt zum Diner zurück.

## Emely

Diesmal schlug er mit den Armen die Türe zum Diner auf, trat an den Tresen und suchte die schwarzgekleidete Frau. Aber sie war nicht mehr da. An ihrer Stelle stand dort am Ende des Tresens der schlanke Koch mit der weißen Mütze. Frank ging, immer noch sehr erregt, auf ihn zu und rief schon aus der Entfernung: „Kann ich mal ihr Telefon benutzen….bitte?" Der Koch schaute ihn an, in seiner Hand hatte er ein Geschirrtuch mit dem er gerade ein Glas trocknete. „Sorry Sir, ist kaputt. Blitzschlag." „Na wunderbar. Bekomme ich wenigstens was zu trinken? Einen Scotch ohne Eis?" „Natürlich Sir, ein Scotch." Der Koch griff unter den Tresen, holte Franks Lieblingsmarke hervor und füllte ein Glas halbvoll. „Mach ganz voll. Wo ist eigentlich die Schwarzgekleidete von vorhin?", fragte Frank.

„Sie hat schon Feierabend Sir. Heute kommen keine Gäste mehr", mit diesen Worten nahm er die zehn Dollar, die Frank schon auf den Tresen gelegt hatte, und verschwand in Richtung Küche.

Frank nahm einen Schluck und ließ den Scotch durch seine Kehle rinnen. Da er den Schlüssel des Wagens hatte, nahm er sich vor, die letzten Meilen halt ohne Sammy zu fahren. Erst jetzt registrierte er, dass er nicht allein war. Eine junge Frau - Anfang zwanzig, schulterlange blonde Haare - stand am Eingang des Diners und schaute in den Raum. Als sie Frank erblickte ging sie auf ihn zu. Sie war grell geschminkt, blutrote Lippen, braune Augen, zerrissene Jeans und eine knappe Jeansjacke. Darunter trug sie ein nicht mehr ganz so weißes Shirt. Ihre Füße steckten in dreckigen Turnschuhen. Frank schaute zur ihr herüber.

„Mein Gott wie heruntergekommen", dachte er und schaute wieder auf sein Glas. Noch ein paar Stunden und Claire wäre da… Er schaute nochmals auf seine Uhr. Kurz nach sechs zeigte sie immer noch an. Frank lachte leise auf. „Na klasse, geht auch nicht mehr", sprach er leise zu sich selbst und bezweifelte, dass der Mercedes noch ansprang.

„Ist das deine Karre da draußen?", sprach eine glockenhelle Stimme von rechts und Frank schaute dem jungen Mädchen direkt in die Augen. Sie hatte Claires Augen und Frank zuckte unweigerlich zusammen. „Ja, das ist mein Wagen. Aber was geht dich das an?", antwortete er. Diese Augen… Frank schaffte es nicht, ihrem Blick auszuweichen. „Fährst du Richtung Kanada? Kannst Du mich ein Stück mitnehmen?" Frank schaute sich die Kleine an. Wenn sie mal ein Bad nehmen würde und eine Stunde bei seinem Coiffeur auf dem Stuhl, wäre sie verdammt hübsch. „Hast du nicht Angst, bei fremden Männern einzusteigen", sagte Frank und er setzte sein süffisantes Grinsen auf.

„Eigentlich schon, aber du siehst harmlos aus. Scheinst ein Papiertiger zu sein und außerdem steht sonst kein Auto mehr draußen. Ich heiße übrigens Emely." Frank lachte in seinen Scotch und leerte das Glas in einem Zug. Für einen kurzen Moment schaute er in das leere Glas und er dachte an all die Kriege die seine Firma, die ER unterstützt. Harmlos… war er das? „Okay Kleine, ich nehme dich bis zur Grenze mit. Ach ja, ich bin Frank." Er tippte sich gegen die Brust und drehte sich zum Ausgang herum. „Dann wollen wir mal Emely." Die zwei ungleichen Menschen verließen das Diner und gingen zwischen den Zapfsäulen zu dem geparkten Mercedes.

Es hatte leicht angefangen zu schneien und feiner weißer Puderzucker bedeckte den schwarzen Lack der Limousine.

Frank entriegelte die Tür, ging zum Fond und entnahm die Aktentasche. Er holte die Pistole und steckte sie in seine Manteltasche. Die Aktentasche deponierte er im Kofferraum. Dort war ein Tresor installiert, in dem er die Aktentasche einschloss. Dann setzte er sich hinters Steuer und schaute zu seiner Begleitung herüber. Emely lümmelte auf dem Ledersitz und ihre Finger strichen über die Holzeinlagen des Armaturenbretts. „Das ist ein Dienstwagen Emely. Fass bitte nichts an drück nicht überall drauf." Er wollte sie eigentlich zurechtweisen, aber als er seine eigenen Worte hörte, musste er lachen. „Ja, ja", frotzelte Emely und sie hatte Mühe ein Lachen zu unterdrücken.

Frank drehte den Schlüssel und der Zwölfzylinder nahm artig seinen Dienst auf. Überrascht schaute er auf das Telefondisplay, aber der Monitor blieb schwarz. „Hast du ein Handy Emely?", fragte Frank während er den Wählhebel auf **D** schob. „Nö, hab keins", murmelte Emely, die das Diner beobachtete. „Na auch egal. In einer guten Stunde sind wir eh da", sagte Frank, beschleunigte den Mercedes, fuhr den kleinen Weg hoch zur Straße, den noch vor kurzem der alte Greyhound nahm und bog auf die Interstate 35 ein - Richtung Norden.

Im Mercedes war es so still, dass man eine Stecknadel hätte fallen gehört. Da auch die Musikanlage streikte, war nur das kurze Rumpeln zu hören, wenn die Wischer über die Scheibe flogen. Der Schneefall hatte zugenommen und die Schnee-flocken wurden von den blauen Scheinwerfern scheinbar angezogen, um dann sanft und ohne Berührung über das Fahrzeug zu gleiten.
„Was führt dich in diese Gegend?", fragte Frank und schaute kurz zu Emely herüber. Die blaue Armaturenbeleuchtung ließ ihr Gesicht wie eine Madonna von Michelangelo erscheinen.

„Hab mich von meinem Freund getrennt. Er war ein Arsch. Hat gesoffen und Drogen genommen, da bin ich abgehauen. Meine ältere Schwester hat ein Haus kurz hinter der kanadischen Grenze. Da komme ich unter." „Wie alt bist Du denn?", fragte Frank etwas gestresst, denn der Schneefall hatte zugenommen und er konnte die Straße kaum noch erkennen. Nun konnte man deutlich das Knirschen des Schnees unter den Rädern hören. „21. Und was bist Du für einer? Musst ja ein hohes Tier sein, bei so einem Wagen." Frank lachte. „Hohes Tier? Nein, ich bin Abteilungsleiter einer Firma hier in Minneapolis. Bin eigentlich auf dem Weg in mein Wochenendhaus. Etwas ausspannen und neue Kraft sammeln. Und an dieser Tankstelle ist mir der Fahrer einfach abgehauen. Kannst du dir das vorstellen? Ist in den Bus gestiegen und mit ihm fortgefahren... Wahnsinn. So eine Kündigung habe ich noch nie erlebt." Frank lachte wieder, dachte an Sammy und fragte sich erneut, was wohl in ihm vorgegangen sein musste.

„Wie heißt denn deine Firma und was stellt ihr her?" Emely schaute zu Frank herüber und beobachte ihn mit ausdrucksloser Miene. Frank schaute konzentriert in das Schneetreiben und überlegte was er sagen sollte. „Also wir stellen Zubehör und Ersatzteile für die Flugzeugindustrie her und sind eigentlich ein kleines Unternehmen", log Frank und er fühlte sich schlecht. Wie oft hatte er das seiner Tochter erzählt bis sie irgendwann dahinter kam, dass er ein Händler des Todes war.

Emely blickte wieder in Fahrtrichtung und beugte sich schnell nach vorne. Sie Öffnete das Handschuhfach und neben einem kleinen roten Hebel fischte Sie eine Firmenbroschüre heraus. „Was machst Du da?

Das geht dich nichts an. Fass bloß nichts an und mach das Handschuhfach wieder zu.“ Frank hatte Mühe das fast vier Tonnen schwere Auto auf der verschneiten Piste zu halten und konnte seine Hände nicht vom Lenkrad nehmen. Tatenlos musste er zusehen, wie seine Lüge entlarvt wurde. „Alliant Techsystems, Solutions for Modern Warfare.“ Leise las Emely die Überschrift und jedes Ihrer Worte verursachte einen Stich in Franks Magen.

Endlose Minuten der Stille vergingen als Emely die Broschüre las. Als sie fertig war, legte sie die Broschüre wieder neben den roten Hebel und schloss das Handschuhfach. „Kannst du schlafen?“, fragte Sie mit leiser Stimme. Frank, der jetzt eine Reihe von Vorwürfen erwartete und sich die passenden Antworten ins Gedächtnis gerufen hatte, war perplex und nach einiger Zeit antwortete er leise: „Nein, schon lange nicht mehr.“ Seine Kehle war trocken und er wünschte sich einen Drink. „Erzählst Du mir warum nicht mehr?“ Ihre Stimme war jetzt ganz leise. Sie schaute zu Frank und ihr Körper schmiegte sich an den Sitz.

□□

Und er erzählte Emely von den toten Freunden in Russland. Wie die russische und amerikanische Regierung alles vertuschten - es als zivilen Unfall darstellten und die Arbeit seiner Kollegen in den Schmutz zogen. Wie er die Einschulung seiner Tochter verpasste, weil er auf dem Militärstützpunk 51 in Nevada die Steuerelektronik von Cruise Missiles testete. Wie er langsam seine Frau verlor. Wie die gemeinsamen Abende Telefonaten wichen und irgendwann wurden auch diese eingestellt. Seine Tochter wuchs ohne ihn auf und als sie ihn das erste und auch das letzte Mal auf seinem Handy anrief, stand er gerade in einem

Schutzbunker und beobachtete den Abwurf von kleinen Splitterbomben auf ein Wohngebiet aus Pappmache. Dieser Versuch konnte nicht so schnell wiederholt werden und so drückte er den Anruf weg. Es war Nancys zwölfter Geburtstag. Nie war er zuhause, wenn er gebraucht wurde. Es kamen Anrufe und Postkarten aus der ganzen Welt. Sündhaft teure Geschenke für Rose und Nancy… Insgesamt war er vielleicht sechs, sieben Mal an Weihnachten bei seiner Familie.

Irgendwann lief Nancy weg, haute ab von zuhause und selbst da konnte er nicht aus seiner Haut. Er musste nach Europa. In Brüssel den Krieg vorbereiten, der bald in der Wüste stattfinden würde. Als Nancy nach ein paar Wochen wieder auftauchte, erfuhr er das via Sattelitentelefon in Israel. Und da raffte er sich auf, ließ seinen Einfluss spielen und flog als Passagier in dem Lockheed Martin F35 Prototyp zurück in die USA. Kurz nach der Landung ließ er sich einen Wagen der Firma kommen und kaum auf dem Boden saß er auch schon in der Limousine und war auf dem Weg zu Rose.

Er Parkte direkt vor dem Haus, öffnete die Tür und als er die kahlen Wände, die leeren Schränke sah, rang er um Atem. Die Treppe hoch zu Nancys Zimmer, die zweite Tür auf der rechten Seite, der kleine **Bitte nicht stören-** und **Kannst kommen-Schieber** an ihrer Tür. Doch der Raum war leer. So leer wie alle Räume. Tränen rollten über seine Wangen und er ging den Gang entlang zu seinem Arbeitszimmer. Hier lagen all seine Dinge, sein Leben… Und wenn er jetzt das leere Haus betrachtete und die wenigen Dinge, die ihm gehörten… In seinem Büro waren mehr persönliche Dinge als hier in seinem Haus.

Zum ersten Mal realisierte er, was er da verloren hatte. Was er getan hatte - was er ihnen angetan hatte. Mit Bildern seiner Familie stieg er wieder in den Wagen und fuhr ins Büro. Die **F35** Raptor Testreihe musste noch dokumentiert werden.

Er stürzte sich in Arbeit, und nur noch die Arbeit trieb ihn an. Seine Besessenheit machte ihn zum Einzelgänger. Nachts stand er manchmal an den Werkbänken seiner Kollegen und arbeitete bis in die frühen Morgenstunden.

Desert Storm begann am 02. August um 01.00 Uhr und Frank stand mit dem Oberbefehlshaber Norman Schwarzkopf vor dessen Zelt in der Wüste und schauten auf die vor ihnen aufgebauten Monitore. CNN Live-Bilder zeigten den Himmel über Bagdad, erfüllt von dem Zischen der Cruise Missiles, abgeschossen von Schiffen und U-Booten hunderte Meilen weit weg, ausgestattet mit der von Frank verbesserten Steuerungssoftware. Die irakische Flugabwehr in dieser Nacht war im Einsatz und selten hatte Frank so etwas Schönes am Himmel gesehen, wie die abertausend sinnlos abgefeuerten Leuchtspurgeschosse. Bette Midler sang „From a Distance…"

Jeder Millimeter eroberter irakischer Boden wurde von Frank protokolliert. Munitionsreste geborgen und analysiert. Er war in seinem Element. Die Grauen des Krieges nahm er gar nicht mehr wahr, nicht die Toten die überall herumlagen, nicht das Schreien der Verwundeten, nicht das stumme Klagen der Mütter, wenn sie ihre toten Kinder trugen. Frank hatte dafür keine Zeit. Hinter ihm kamen die Sanitäter und Aufräumkommandos. Es sollte ja ein sauberer Krieg sein und so wurde die Presse nur an geprüfte Orte gelassen. Frank sah aber alles und es stumpfte ihn ab.

Irgendwann war auch dieser Krieg beendet und als amerikanische Soldaten vor Freude in die Luft schossen, saß Frank schon wieder am Schreibtisch seines Büros in Minneapolis und wertete die gewonnen Daten aus.

So ging es immer wieder und wieder. Es wiederholte sich in den darauf folgenden Jahren alles. Andere Länder, andere Kriege, aber das Resultat war immer das gleiche. Wenn es darum ging effektiv zu zerstören und zu töten war Frank der Beste. Mitarbeiter des Monats fast jeden Monat. Keine Freunde, kein Mensch mehr für ihn da. Brauchte er überhaupt einen?

󠀠󠀠

„Und dann kam Claire…", er hauchte es fast und Emely die bis dahin mit geschlossenen Augen zugehört hatte, öffnete nun ihre Augen und sah einen weinenden Frank, der so fest das Lenkrad umfasste, dass seine Knöchel weiß hervortraten. Mittlerweile fuhren sie mit 20 Meilen die Stunde durch eine weiße Wand. Und dann erzählte er Emely von Claire. Wie man sie ihm vor die Nase setzte als Aufpasserin. Er hatte es sofort gemerkt, dass ihn der Vorstand überwachen wollte. Aber es gab in all den Jahren nie ein Problem mit ihm und nach kurzer Zeit erkannte das auch Claire und sie wurde lockerer und offener. „Ich schaute in diese großen, klaren, braunen Augen und habe mich rettungslos verliebt." Frank sprach in ruhigem Ton und Emely fragte: „Am ersten Tag schon?" „Ja", Frank lachte kurz auf. „Ich weiß, es klingt seltsam, aber glaubst Du an Liebe auf den ersten Blick?" Emely bejahte diese Frage umgehend und Frank lachte erneut auf. „Siehst du, ich nicht. Und dann kam Sie!" „Ich war sofort in ihr gefangen, aber konnte es nicht zeigen. Natürlich nicht…

Also hab ich sie beobachtet. Hab sie oft grundlos in mein Büro gerufen, hab ihr irgendeinen Schwachsinn diktiert. Hauptsache, sie war da. Jetzt im Nachhinein weiß ich, dass sie das alles wusste. Ihr konnte ich nie etwas vormachen. Seit ich sie kenne, geht's mir besser – ja, viel besser." „Und jetzt seid ihr ein Paar?" „Nein, … Oder?... Ich weiß es nicht. Sie kommt morgen in mein Wochenendhaus nach und dann will ich mit ihr über das alles reden. Sie ist so eine wunderbare Frau. Noch nie hatte ich solche Emotionen bei einem Menschen. Alles in mir schreit nach ihr, schreit nach einem Leben mit ihr." „Und du glaubst, Sie will das auch?", fragte Emely. „Ich hoffe es doch sehr", und ein tiefer Seufzer entstieg seiner Kehle.

🞄🞄

„Sag mal Emely, hast du eine Uhr an? Meine ist stehen geblieben und die vom Wagen geht auch nicht mehr. Wir müssten doch schon längst da sein." Emely, in Gedanken versunken und aus dem Seitenfenster schauend, antwortete: „Sorry, hab keine. Ist beim Trampen wohl verloren gegangen und wir sind wohl noch weit weg von Gooseberry Falls. Hast Du dich vielleicht verfahren?" „Nein, unmöglich. Es gibt hier nur diese eine Straße. Aber woher weißt du…" Emely riss die Arme hoch und schrie: „Pass auf… da vorn…" Frank sah etwas Dunkles vor dem Auto und riss das Steuer nach links. Der schwere Wagen schwenkte mit dem Heck aus, drehte sich einmal um seine Achse und rutschte dann ganz sachte in den Straßengraben. „Na prima… alles in Ordnung Emely? Hast du dich verletzt?", fragte Frank und schaute zu Emely, die wie eine Marionette in ihrem Gurt hing. „Alles ok bei mir und Du?" „Ja, ja, alles ok. Was machen wir nun? Mit der Karre komme ich nicht mehr heraus und kein Telefon weit und breit."

Er drückte auf die **SOS-Taste** am Dachhimmel, aber auch sie versagte den Dienst. „Scheiss Kiste. Hätte ich doch den Caddy genommen", dachte Frank.

„Lass uns noch ein bisschen warten, vielleicht lässt der Schneefall ja nach und wir können uns auf die Suche nach Häusern machen. Irgendjemand muss doch hier wohnen." Frank überlegte kurz und nickte dann stumm. Mittlerweile hatte der Schnee den Wagen bedeckt.

## Doris

Doris Ferrara begann ihre Schicht pünktlich um 17.00 Uhr an diesem Donnerstag, den 24. Dezember 2009. Sie hasste diese Schicht - gerade heute. Doch sie hatte das kürzere Holz gezogen und so heute acht Stunden lang die ‚dunkle Schicht' wie es ihre Kollegen nannten.

„Frohe Weihnachten Jungs", rief sie über die dünnen Absperrwände hinweg, die aus der großen Etage einen Raum mit vielen Zellen schufen. „Frohe Weihnachten Doris", kam es aus ein paar Zellen zurück. Sie lächelte und holte sich einen schwarzen, heißen Kaffee aus dem Automaten. Doris setzte sich in das kleine viereckige Büro in dem zwei Computer und zwei Monitore, ein Stift und Papier zur Ausstattung gehörten. Die Computer liefen bereits. Der eine zeigte den Nordosten der USA und viele kleine helle Punkte waren in diesem Gebiet verteilt. Der andere Monitor war schwarz und nur ein kleines blinkendes Rechteck in der oberen linken Ecke zeigte an, dass das System eingeschaltet war. Doris überprüfte beide Computer und nippte an Ihrem Kaffee. „Vielleicht bleibt es ja heute ruhig. Hoffentlich bleibt es ruhig", dachte sie.

◻◻

Doris arbeitete schon über 10 Jahre für Mercedes in Detroit und ihr Job bestand darin, einen Abschleppwagen oder Mechaniker zu beauftragen, wenn ein Fahrzeug dieser Marke irgendwo liegen blieb und der Fahrer die Hotline Nummer wählte. Diesen Job liebte sie. Sie konnte anderen helfen und manchmal kamen Blumen oder Pralinen nach Detroit zu Doris Ferrara.

Ab und zu war auch mal ein Verehrer dabei, der sich in ihre sanfte Telefonstimme verliebte. Aber bei Doris hatte keiner einer Chance. Sie war seit 15 Jahren verheiratet und mit Kenneth sehr glücklich.

⬚⬚

Heute hatte sie die Todesschicht. Heute kamen keine Anrufe, sondern nur Daten von Fahrzeugen, die so einen schweren Unfall hatten, dass sich automatisch das Rettungssystem meldete. Doris alarmierte dann den Rettungsdienst und die Polizei in der Umgebung. Sie hoffte, dass der Monitor links von ihr heute schwarz blieb.

Aus ihrer Tasche kramte sie einen alten abgewetzten Liebesroman heraus und legte ihn neben den dampfenden Kaffee. Als sie es sich auf dem kleinen Stuhl bequem gemacht hatte und ihren Roman aufschlug, war es 17.15 Uhr. Doch irgendwie konnte sie sich nicht so recht auf das Buch konzentrieren und legte es schon nach nicht mal zwei gelesenen Seiten beiseite. Sie dachte an Ihren Mann und wünschte sich nun daheim zu sein. Kenneth hatte für heute frei bekommen und so schmückte er seit dem Morgen den großen Weihnachtsbaum im Wohnzimmer… Zumindest hoffte Doris das. Im letzten Jahr erdrosselte Kenneth den Baum fast, als er die Lichterkette ein wenig zu stramm um die Zweige wickelte und beim Versuch die Kette zu lockern noch den Baum umriss. Es wurde aber dennoch ein schönes Fest und Doris lächelte in ihren Kaffee. Kurz vor 18.00 Uhr verließ sie ihren Arbeitsplatz, ging in den Flur um dort an einem großen Aschenbecher eine Zigarette zu rauchen und da ihr diese Zeit vom Lohn abgezogen wurde, beeilte sie sich und war schon um kurz nach 18.00 Uhr wieder an Ihren Monitoren.

Gerade rechtzeitig, denn als sie sich setzte, blinkte der linke Monitor nicht mehr, sondern der kleine Cursor bildete Zahlen und Buchstaben. Doris nahm ihren Stift und Notizblock und starrte auf den kleinen Monitor. Es kamen Datum und Uhrzeit, Längen und Breitegrade in verschiedenen Formaten. Hinter dem Komma wurden sechs Stellen angezeigt, eine sehr genaue Positionsangabe des Fahrzeuges - auf einen Meter genau - die eigentlich nur Politikern oder hohen Militärs vorbehalten war. Doris zog die Augenbraue hoch. Dann kam die Fahrgestell-Nummer und aufgrund einer Schulung im März dieses Jahres erkannte Doris schnell, dass es sich um eine schwarze Mercedes Benz S-Klasse handelte, Modell 600 mit höchster Sicherheit und Panzerungsstufe. Die nächste Zeile baute sich auf und sie offenbarte die Sitzbelegung und Zündungsanzahl der Airbags. Ein Sitz war belegt und vier der insgesamt 12 Airbags wurden gezündet. Kurz vor dem Auslösen betrug die Geschwindigkeit 84 Meilen in der Stunde und innerhalb eines Sekundenbruchteils verringerte sich die Geschwindigkeit auf unter 20 Meilen. Eine kleine Grafik wurde angezeigt und die Querbeschleunigung des Aufpralls wurde mit über 64g angegeben, ein Wert über 40 G galt schon als tödlich. Nun zeigte das System eine Geschwindigkeit von Null Meilen an… Das Fahrzeug kam zum Stehen.

„Das war's…", dachte Doris und mit zitternden Händen klickte sie auf ihrem rechten Monitor den kleinen blinkenden Punkt an, den das System aufgrund der eben gesendeten Information eingespielt hatte. Der Unfall ereignete sich in der Nähe von Duluth und Doris klickte die nächstgelegene Polizeistation und das Hospital von Duluth an. Der Computer bestätigte den korrekten Versand der Daten und die Arbeit von Doris war getan.

Sie starrte wieder auf den kleinen blinken Cursor auf dem linken Monitor. Das redundante System war noch online und sendete Daten über die Umgebungstemperatur und den Luftdruck. Es war nicht unbedingt außergewöhnlich, dass die Verbindung noch stand, doch Doris hatte den Eindruck, dass dieser blinkende Cursor - oder war es ein schlagendes Herz - sie am Bildschirm halten sollte. Hunderte von Meilen entfernt musste Doris Ferrara am Weihnachtsabend vor einem kleinen Bildschirm miterleben, wie ein Mensch starb. Tränen rollten über ihre Wangen und sie wollte nur noch weg von hier.

## Barney & Fred

Um kurz nach 18:00 Uhr kam Leben in das alte Fernschreibgerät und Barney Smith hob überrascht den Kopf. Wer störte
da seinen Schlaf? Mühsam erhob er sich von seinem alten
Holzstuhl und ging zu dem Fernschreibgerät herüber. In der
Polizeistation von Gooseberry Falls, wo das Gerät stand,
hatte heute Barney die Nachtschicht übernommen. Sein
Kollege Fred hatte es sich in einer der stets leeren Zellen
gemütlich gemacht und nur das laute Schnarchen bezeugte
seine physische Anwesenheit.

Barney las die ersten Zeilen dieses wohl automatisierten
Fernschreibens und fluchte: „Scheiße,... Freddy... Wach
auf... Arbeit." Barney spuckte auf den Holzboden und riss
den ausgedruckten Bogen aus dem Fernschreiber. Mit
verkniffenen Augen las er den ganzen Text und hielt das
Blatt seinem Kollegen hin, der gerade seinen Pistolengürtel
zurechtrückte und gähnend zu ihm trat. „Unfall auf der 61,
Ecke Castle Danger Road. Mindestens ein Verletzter.
Alarmierung der Rettungskräfte erforderlich." „Ich rufe in
Duluth an. Bill hat heute Schicht", sagte Fred und Barney
nickte stumm. Während Fred telefonierte, schnallte sich
Barney seinen Waffengurt um, setzte den Hut auf und nahm
die Wagenschlüssel vom Tisch. Kurze Zeit später saßen
beide Cops in ihrem Geländewagen und fuhren die 61 in
süd-westlicher Richtung.

□□

Als Bill den Hörer auflegte wurde er von Miguel und Hoi beobachtet. Er wiederholte den Inhalt des Fernschreibens, das ihm vor ein paar Augenblicken vom Sheriff aus Gooseberry Falls zugetragen wurde.

Miguel und Hoi holten ihre Jacken und packten die Notfallkoffer, um dann in Richtung Tür zu stürmen. Bill war schon voraus gelaufen und kletterte in den Hubschrauber. Er betätigte mehrere Schalter für Stromversorgung, Benzin-pumpe und Kommunikation und drückte dann auf die Start-Taste. Mühsam setzten sich die Rotorblätter in Bewegung und während sie sich immer schneller drehten, sprangen auch Miguel und Hoi in den Helikopter. Die Bell erhob sich zaghaft in die Lüfte und Bill schob sachte den Hebel nach vorne. Sie gewannen schnell an Höhe und Geschwindigkeit. Während Hoi aus dem Fenster schaute und die wunder-schöne Wildnis des nördlichen Minnesotas genoss, hielt sich Miguel am Sicherheitsgurt fest und kämpfte mit Brechreiz... „Nur ein paar Minuten Miguel, dann sind wir da." Bill drehte den Kopf zu Miguel, aber der schaute starr zu Boden.

Nach knapp zehn Minuten Flug näherten sie sich den angegebenen Koordinaten und Bill pfiff durch die Zähne. „Heilige Scheiße", entfuhr es ihm. Unter ihnen bot sich ein Bild der Zerstörung. Ein qualmender Lastwagen - ein Holztransporter - stand etwa 300 Meter von der Kreuzung im Graben an einem Baum, sein Hänger lag nochmals knapp 50 Meter weiter auf der Seite. Überall lagen Holzstämme auf dem Gelände. Im Straßengraben etwa 100 Meter weiter nördlich lag ein total zerstörter Pkw und das ganze Areal war von Trüm-mern übersät. Bill suchte in dem Ganzen Chaos einen sicheren Landeplatz und kreise in geringer Höhe um die Unfallstelle.

Er entdeckte einen guten Platz zwischen dem Truck und dem Auto und setzte die Bell sanft auf den Boden. Als sie den Boden berührten, riss Miguel die Seitentür auf und mit seinem Koffer in der Hand rannte er geduckt unter den Rotorblättern hindurch auf den Pkw zu. Aus den Augenwinkeln sah er, wie Hoi in Richtung Lkw sprintete. Miguel erkannte einen total zerstörten Wagen, nur die Fahrgastzelle schien noch intakt zu sein und auch die Scheiben waren alle noch ganz, was bei diesem heftigen Unfall schon seltsam war. Als er bis auf wenige Meter an das Wrack herangekommen war erkannte er, dass dem Wagen der komplette Motorraum fehlte und in einiger Entfernung sah Miguel den Mächtigen V12 des Mercedes im Gras liegen. Wie das herausgerissene Herz eines Dinosauriers lag er da und aus abgerissenen Schläuchen und vielen Öff-nungen qualmte es.

Miguel versuchte durch die schwarzen Scheiben ins Wageninnere zu sehen, aber das getönte Glas ließ keinen Blick herein und so versuchte er die Fahrertür zu öffnen. Sie klemmte und auch mit Gewalt ließ sie sich nicht öffnen. Er versuchte es an der Beifahrerseite und dort hatte er Glück. Als er die Tür aufriss staunte er nicht schlecht. Niemand saß auf den vorderen Sitzen. Miguel schaute zwischen den beiden Vordersitzen nach hinten und erkannte eine blutige Hand im Dunkel des Fonds.

Später hatte man Miguel gefragt, woher er wusste, was er dann tat, doch bis heute wusste er es selber nicht. Er wusste nur, dass er auf einmal eine innere Stimme hörte, einem Gefühl folgte. Miguel schlug das Handschuhfach auf und sah dort den kleinen Roten hebel mit dem Ring daran. Er zog heftig und plötzlich ertönten vier kaum hörbare dumpfe Schläge.

Es wurden kleine Sprengladungen an den Türschanieren ausgelöst und die über 250 Pfund schweren Türen rutschten aus den Rahmen und fielen mit einem schmatzenden Geräusch auf den Boden.

Inzwischen war auch - komplett außer Atem - Hoi an dem Mercedes angekommen. „Der Fahrer im Laster ist tot. War nicht angeschnallt. Wie sieht es hier aus?" Mühsam presste Hoi die Worte heraus, das Laufen war nicht so seine Sache. „Hier lebt noch einer, hilf mir..." Miguel kletterte in den Fond des schwarzen Mercedes.

Die Scheinwerfer des Polizeiwagens tauchten die Szenerie in ein gleißendes Licht. Barney und Fred erreichten kurz nach den Sanitätern die Unfallstelle und parkten den Wagen so, dass die Bergung unter Licht von Statten gehen konnte. Fred stieg aus und versuchte noch im Dunkel des Abends verwertbare Fotos von allem zu erstellen. Barney lief zu Miguel herüber, um vielleicht helfen zu können. Als der Cop den Wagen erreichte sah er die beiden Sanitäter hinten im Mercedes, wie sie sich um eine Person kümmerten. Nur die blutüberströmten Beine waren sichtbar und durch die enge des Raumes entschied sich Barney erst mal nur die Lage zu erfassen. Helfen konnte er hier wohl nicht und notierte sich das Kennzeichen des Wagens. Er schaute sich die Trümmer-verteilung an, ging zu dem Lastwagen herüber. Als er den dicken LKW-Fahrer mit der Jeans und dem rotkarierten Hemd sah, der so grotesk um das riesige Lenkrad geschwungen war, musste er schlucken. Der Rücken des Fahrers war wohl bei dem Aufprall mehrfach gebrochen und wie ein zerknülltes Handtuch lag er auf, um und in seinem Lenkrad. Kein Blut war zu sehen, nur viel Unordnung in der großen Kabine des Kenworth-Trucks.

Barney notierte auf seinem Block: Klassische Vorfahrts-
missachtung. Truck aus Castle Danger Road kommend mit
wahrscheinlich überhöhter Geschwindigkeit. Aufprall mit
Pkw Ecke Bundesstraße 61/Danger Road. Truck-Fahrer tot,
Pkw-Fahrer schwerstverletzt. Er steckte den Notizblock
wieder ein und ging nachdenklich zu seinem Dienstwagen
zurück. Dort angekommen gab er über Funk die beiden
Kennzeichen durch und orderte gleich einen Leichenwagen
für zwei, denn er glaubte nicht, dass der aus dem Auto
durchkommen würde.

Fred hatte inzwischen Bilder gemacht, ging zu Bill, der am
Hubschrauber stand und rauchte mit ihm eine Zigarette.

## Lake Superior

Der Schneefall hörte plötzlich auf und die klaren Sterne des Nachthimmels wurden durch die dicken Scheiben des Mercedes sichtbar. Frank schaute in den Himmel und anschließend auf die breite weiße Spur, die mal die Bundesstraße 61 gewesen sein musste. Eine 20 cm dicke Schneeschicht lag auf der Straße. Die Felder und der angrenzende Wald versanken im Schnee.

„Es kann nicht mehr weit bis zu meinem Haus sein", meinte Frank und schaute Emely von der Seite an. „Ich habe Decken im Kofferraum, die werfen wir uns um und heute Abend tauen wir vor dem Kamin auf. Du bist natürlich heute mein Gast Emely." Sie nickte und öffnete die Tür. Sofort drang Schnee ins Auto und ein kühler Wind zog durch das Wageninnere. Frank stieg ebenfalls aus, ging zum Kofferraum und holte zwei Wolldecken heraus. Nachdenklich blickte er auf den Tresor, dachte an Emely... „Was hatte sie an sich, dass er ihr so viel Persönliches anvertraute?"

Er spürte die Pistole in der Manteltasche und schloss den Kofferraum. Emely war inzwischen aus dem Wagen geklettert und stand zitternd in dem hohen Schnee. Er legte eine Decke um sie herum und dabei berührte er ihren warmen Körper. Für einen Moment hielt er inne... es fühlte sich gut an.

Nachdem er sich vergewissert hatte, dass sie komplett in der Decke eingehüllt war, nahm er ihren Arm und gemeinsam gingen sie die Straße in nördlicher Richtung.

„Es kann nicht mehr weit sein…", murmelte Frank und in seinen Worten schwang mehr Glaube als Wissen. Schweigend gingen sie so eine Stunde durch den hohen Schnee mitten auf der Straße. Der klare Nachthimmel und der große volle Mond erhellten die weiße Landschaft um sie herum. „Woher wusstest du, wohin ich fahren wollte Emely?" „Na, das hast Du doch gesagt als du über Claire geredet hast", entgegnete Emely schnell. Frank schaute sie an und mit harter Stimme sagte er: „Nein, ich hatte es nie erwähnt. Also, woher hast Du diese Information? Wer schickt dich?"

Er spürte in der Manteltasche den Griff der Pistole und das gab ihm Sicherheit. Es war nicht das erste Mal, dass er Ziel von üblen Zeitgenossen war. Ein Friedensaktivist hatte es mal bis kurz vor sein Büro geschafft und seitdem durfte Frank nur noch in gepanzerten Autos herumfahren und die Firma stellte ihm auf Wunsch Bodyguards zur Verfügung. Nun sah Emely nicht gerade wie eine gefährliche Person aus, aber sie konnte ihm viel Persönliches entlocken und wer weiß, was sie für ein Spiel spielte. Gerade wollte er etwas sagen, da hörte er ihren Aufschrei und schaute auf ihren ausgestreckten rechten Arm. Er zeigt auf irgendetwas.

Frank schaute nach vorne und traute seinen Augen nicht. Da kam ein ca. 260 Pfund schweres Mule Deer gemächlich auf sie zugetrottet. Das prächtige Geweih mit den 10 Enden wippte im Takt der Schritte und das kalte Mondlicht ließ das Tier in einen bläulichen Schimmer erscheinen. „Leise und keine schnellen Bewegungen", flüsterte Frank und holte die Pistole aus dem Mantel. Er stellte sich vor Emely und legte auf das mächtige Tier an. In seinem Kopf dröhnte es.

Er hatte zwar eine starke Handfeuerwaffe, aber ob sie einen so schweren Brocken zu Fall bringen würde? Und ein verletzter Hirsch konnte sehr böse werden...

Inzwischen war das Tier bis auf einen Meter an Frank herangetreten. Sein Kopf war leicht nach unten geneigt, so dass die spitzen Enden des Geweihs auf Frank zeigten. Adrenalin Schoss durch Franks Körper, seine Sinne wichen dem Jagdtrieb und er genoss den Hauch des Todes, wenn er so einem Gegner gegenüberstand. Wenn er in Kanada, Afrika oder Asien Tiere tötete, dann wartete er immer bis zum letzten Augenblick. Er musste es in den Augen der Tiere sehen, wenn sein Geschoss den Funken Gottes aus den Körpern nahm. Er hatte dann immer den Eindruck, ein Blitzen in den Augen zu erkennen kurz bevor die Körper auf den Boden schlugen. Und wenn das sterbende Fleisch dort lag und die letzten Muskelreflexe das Blut aus der Wunde drückten, dann spürte Frank eine tiefe innere Befriedigung. Das waren seine Kriege, die er gewann.

Aber diesmal war es anders... Diesmal hatte er Angst. Eine Angst, die er schon lange nicht mehr verspürt hatte - sehr lange. Der Hirsch hob langsam den Kopf und seine großen braunen Augen schauten direkt in Franks Gesicht. „Du konntest es damals auch nicht, Frank... Aber was passierte, dass Du es danach umso besser konntest?" Die Stimme in Franks Kopf war klar und deutlich. Er hatte sie gehört und irgendwie kam sie ihm bekannt vor, aber wer zum Teufel sprach? Er schaute den Hirsch an und wusste, dass ER gesprochen hatte...

Wie ein glühendes Stück Kohle lies Frank seine Waffe fallen und sank auf die Knie. In seinem Kopf bauten sich die Bilder auf...

Bilder seiner Kindheit... Er war fünf und sah seine Mutter, vor seinen Augen an dieser Krankheit sterben. Er sah seinen Vater, wie er abends allein am Tisch saß, die Flasche Whisky neben sich, den Revolver vor sich, mit Tränen in den Augen. Augen, die den kleinen Frank im Türrahmen erblickten. Nie wieder sah er seinen Vater lachen und er erfuhr auch nie wieder so etwas wie Wärme oder Liebe von ihm.

◻◻

Frank war zehn Jahre alt und sein Vater nahm ihn das erste Mal mit auf die Jagd. In den Wäldern Minnesotas streiften sie tagelang umher, um eine Spur zu verfolgen. Ein Hirsch war im Revier und Franks Vater hatte entschieden, dass der Hirsch sterben sollte. Für Frank war das alles eher ein Spiel. Er trug das Kleinkalibergewehr, das ihm sein Vater zu Weihnachten geschenkt hatte, mit Stolz und versuchte im Februarschnee die Spuren des Tieres zu lesen. Oft hielten sie inne, lauschten, prüften die Windrichtung und versuchten den Weg des Tieres zu erahnen.

Am Morgen des 4 Tages war es soweit. An einem Berg, etwas unterhalb einer Kuppe, stand dieser Hirsch auf einer Lichtung. Die aufgehende Sonne ließ seine massige Kontur scharf hervortreten und durch den leichten Nordwest-Wind konnte er die zwei Menschen nicht riechen, die sich ihm vorsichtig näherten. Frank und sein Vater schlichen sich bis auf 130 Meter an den Hirsch heran. Direkt vor ihnen lag ein umgestürzter kleinerer Baum, der sich hervorragend als Gewehrauflage eignete. Frank wollte gerade sein kleines Gewehr auf den Stamm in Stellung bringen, da bemerkte er wie sein Vater das Jagdgewehr zu ihm herüberschob.

Noch nie hatte sein Vater das Gewehr aus den Händen gegeben. Wenn er damit vom Schießen kam und es reinigte, dann war es in Franks Augen nicht nur eine rein mechanische Tätigkeit, es hatte etwas von Liebe, wie die Finger seines Vaters über den glänzenden Stahl glitten. Die Liebe, die Frank so vermisste, bekam dieses Gewehr. Er durfte es auch nie anfassen. Es hing an der Wand der Wohnstube und immer wenn er den Raum betrat, schaute er es an.

Als Sein Vater wieder einmal im Garten hinter dem Haus arbeitete, schlich sich der kleine Frank in das Wohnzimmer und nahm das schwere Gewehr von der Wand. Er spürte die Wärme des Holzes und vernahm den feinen Geruch einer frisch geölten Waffe. „Es ist ein gutes Gewehr mein Sohn. Es kommt aus Deutschland. Weißt du wo Deutschland liegt?" Sein Vater stand plötzlich im Raum und noch bevor Frank das Gewehr fallen lassen konnte, kam sein Vater herbei und nahm es ihm aus den Armen. Er stellte diese Frage als Frank fünf war und natürlich wusste der Junge nicht, wo oder was Deutschland war oder ist. Das war auch egal, denn nachdem die Waffe wieder an der Wand hing bekam Frank eine Tracht Prügel, die er noch Tage später spüren sollte. Seit diesem Tage hasste er das Gewehr aus Deutschland.

Nun lag sein Vater neben ihm und schob dieses Gewehr sachte zu ihm herüber. Aufgeregt und mit zitternden Händen nahm der kleine Frank das Gewehr, fühlte das edle Holz des Schaftes, den kalten Stahl des Verschlusses. Er brachte das Gewehr in Anschlag, sicherte und öffnete den Verschluss. Zügig aber ohne Hast zog er ihn dann ganz auf, beobachtete wie die erste Patrone nach oben sprang und schob sie sanft in die Kammer.

Aus den Augenwinkeln sah er die Blicke seines Vaters und er glaubte etwas wie Stolz darin zu erkennen. Frank schaute durch das Zielfernrohr und suchte den Hirsch. Schnell hatte er ihn ausgemacht und beobachtete das Tier durch die Optik. Er sah das braune, struppige Fell, die kräftigen Läufe, das Muskelspiel unter der dunklen Haut…

„Vorderlauf, vier Inch oberhalb rechts", sein Vater flüsterte ihm die Zielansprache ins Ohr und Frank wurde immer aufgeregter. Sein Vater entsicherte das Gewehr. Noch konnte Frank das Gewehr ruhig halten und sein Finger lag auf dem Abzug. Dann drehte der Hirsch den Kopf nach links und schaute Frank durch das Zielfernrohr direkt an. Und Frank sah die großen braunen Augen. Diese Augen waren so Menschlich, so klar und rein… „Schieß, verdammt schieß", zischte sein Vater und Frank erschrak sich so, dass er die Waffe verriss. Als sie dann noch aus seinen Händen glitt und zu Boden fiel, fing sein Vater an zu toben: „Nichtsnutz, mein eigen Blut…" Leise und gepresst kamen die Worte über die Lippen des Vaters, aber laut genug, dass Frank sie hörte. Sein Vater hatte nie einen Hehl daraus gemacht, dass er das Kind nicht wollte und er ließ es Frank auch bei jeder Gelegenheit spüren.

Franks Vater nahm das Gewehr und legte auf den Hirsch an. Frank vernahm den Schuss nur noch im Hintergrund, zu sehr schmerzten Vaters Worte und er bekam auch nicht mit, wie dieses stolze Tier zu Boden ging und starb. Nie wieder durfte Frank mit zur Jagd, sein Vater fuhr meist allein und brachte den Jungen bei Bekannten unter. Sie redeten kaum noch und die Abende liefen immer gleich ab. Sein Vater kam meist betrunken von der Arbeit, ging zum Kühlschrank und holte ein Sechserpack Bier, um es dann vor dem Fernseher zu leeren.

Wenn alle Dosen leer über dem Wohnzimmerboden verstreut lagen und der Alkohol seine Wirkung entfaltet hatte, hörte Frank nur noch das Schnarchen seines Vaters, der seinen Rausch auf dem Boden liegend ausschlief.

Frank war gerade sechzehn, da starb sein Vater am Alkohol und das Einzige, was Frank von seinem Vater blieb war dieses Gewehr aus Deutschland... Mit diesem Gewehr tötete Frank in den Jahren bis heute hunderte von Tieren und immer mit dem ersten Schuss.

⬚⬚

Und nun kniete er hier im Schnee und der Hirsch von damals steht vor Ihm. In Franks Kopf überschlugen sich die Eindrücke. Er schaut zu Boden und fing an zu weinen. Auf seiner Schulter spürte er Emelys Hand. Er ergriff sie und richtet seinen Blick zu ihr. Da stand sie neben dem Hirsch, hielt Franks Hand und schaute ihn an. Ihre Augen ruhten auf ihm und sie vermittelten mehr Sicherheit als die Waffe vor seinen Knien. Er sah wie der Hirsch Emely anschaute und Frank hatte das Gefühl, dass die beiden miteinander redeten. Das Salz in seinen feuchten Augen brannte, als er sich mit der freien Hand durch das Gesicht rieb. Langsam erhob er sich, nahm dabei die Pistole aus dem Schnee und richtete sich vor dem Hirsch auf. Frank blickte auf die Pistole in seiner Hand, spürte den kalten Stahl, das Gewicht und es kam ihm alles so fremd, so neu vor. Sein Finger strich fast zärtlich über den Verschluss, fühlte die kleinen Vertiefungen der eingestanzten Zahlen und Buchstaben. Dann hob er den Blick und schaute direkt in die Augen des Tieres vor ihm. Frank trat einen Schritt zurück, holte aus und unter einem nicht mehr menschlich klingendem Schrei warf er die Pistole in den dunklen Nachthimmel.

Wie ein Kugelstoßer verharrte er noch zwei Sekunden in dieser Stellung, dann entspannte sich sein Körper und ohne Emely oder den Hirsch beachtend, setzte er einen Fuß vor den anderen und ging die Straße weiter Richtung Norden. Er merkte nicht, wie Emely nach ihm rief oder wie der Hirsch die Straße Richtung Süden weiter trottete. Er merkte auch nicht den eisigen Wind der ihm ins Gesicht schlug. Mit starrem Blick folgte er einem unsichtbaren Band nach Norden.

„Frank…" Emely war bis auf ein paar Schritte herangekommen und packte ihn am Arm. Nur widerwillig blieb er stehen und als sie sich direkt vor ihn stellte, wich er ihrem Blick aus. „Was war da los Frank?", fragte sie und nahm seinen Kopf in Ihre Hände. Er hob langsam seinen Kopf und schaute Sie an…"Erklär du es mir? Wer bist Du? Was machst Du mit mir? Und wo bin ich hier?" Emely lächelte und ihre Augen strahlten eine Wärme aus, die er fast fühlen konnte. „Ich bin hier, um dich vor dir selbst zu schützen." Frank musste wohl sehr verdutzt ausgesehen haben denn Emely fing an zu lachen. „Schau nicht so, du wirst es noch verstehen." Frank spürte wie der Zorn in ihm hochstieg. „Wer schickt dich? Ist das irgend so ein Spiel oder wollt ihr mich weich klopfen?" Emely lachte noch lauter, nahm seine Hand und setzte ihren Weg nach Norden fort. Frank ließ sich von ihr mitziehen… Irgendetwas an ihr ließ ihn vertrauen und so ließ er es geschehen und folgte ihr. Während der nächsten Stunde redeten sie kein Wort, stumm gingen sie nebeneinander auf der Straße. Dass keine Autos fuhren beunruhigte Frank nicht mehr. Er hatte über alle Zwischenfälle seiner Reise nachgedacht und kam zu dem Schluss, dass er wohl den Verstand verloren oder zu viel Scotch im Blut habe und irgendwo zwischen Koma und Nirwana umherirrte.

Es konnte gar nicht anders sein, denn er spürte kaum noch die Kälte und diese spärlich bekleidete geheimnisvolle Punkerin hatte noch nicht einmal eine Gänsehaut. Meine Güte, dachte er… Hoffentlich wache ich bald auf.

Emely blickte schnell zu ihm herüber und fragte: „Was ist mit deiner Frau - Ex-Frau - wie habt ihr euch kennen-gelernt?" „Rose?... Auf der Minnesota State University. In der Kantine standen wir nebeneinander und füllten unsere Tabletts. Ich hatte einen anstrengenden Unterricht hinter mir, war total neben der Spur und füllte versehentlich ihr Tablett auf… Immer weiter… Bemerkte gar nicht, wie sie mich ansprach. Wir setzten uns dann zusammen an einen Tisch und tauschten die Tabletts. Am selben Abend führte ich sie in das beste Restaurant des Viertels und wir hatten eine Menge Spaß. Viel haben wir geredet… Sie wollte Bild-hauerin werden, mit eigenem Atelier. Mit dem Messer zeichnete sie Figuren in ihr Essen…" Frank hob den Kopf und ein Lächeln umgab seine Mundwinkel. „Sie faszinierte mich von Anfang an. Ich hing an ihren Lippen… Und obwohl es mich eigentlich nicht interessierte, hörte ich zu."

Frank schaute zu Emely und schon fast fröhlich fuhr er fort. „Als ich ihr dann erzählte, dass ich das Fach Avionik belege und Steuerelektronik für Raketen entwickelte, da lachte sie und meinte, dass ich eine Rakete baue und mit ihr zu fernen Sternen zu fliege…" Franks Miene wurde wieder starr. „Sie hat nicht begriffen, was ich da lernte. Das kam erst später und wir redeten nie mehr über meine Arbeit. Ansonsten war es eigentlich harmonisch. Wir haben viel unternommen, zumindest am Anfang… Später war da nur noch die Arbeit und es kam die Routine. Das Übliche halt… Frank zuckte mit den Schultern.

Mittlerweile war es stockdunkel und das Mondlicht fing sich auf der schneebedeckten Straße und führte die zwei um eine sanfte Biegung. Die Bäume am Straßenrand wurden weniger und ein weites Feld tat sich vor den beiden auf. Frank schaute sich verwirrt um. „Das kommt mir bekannt vor. Kommt da nicht nach einer Meile ein Abzweig nach rechts?", mehr zu sich als zu Emely stellte er die Frage. „Finden wir es heraus", antwortete sie mit sanfter Stimme und beide beschleunigten ihre Schritte. Und tatsächlich, nach einer knappen Meile bog ein schmaler Weg von der Straße ab und führte sie in einen dichten Wald. Es dauerte noch fast eine Stunde bis sie - mittlerweile schon fast rennend - den Wald auf der anderen Seite verließen und vor einer großem, aus massiven Holzstämmen gezimmerten Blockhaus standen. „Willkommen in meiner bescheidenen Hütte Madmoiselle." Frank, der ein puterrotes Gesicht hatte und wie eine alte Dampfmaschine schnaubte, verbeugte sich vor der lächelnden Emely und deutete in Richtung Eingangstüre.

Dieses Haus war gebaut wie eine kleine Südstaaten-Villa. Es stand nicht direkt auf dem Boden, sondern wegen dem nahegelegenen See auf unzähligen kleinen runden Holzbalken. Um das Haus herum war eine Veranda mit weißem Geländer aus Holz. Schmale Fenster an der Vorderseite und der ersten Etage blickten wie müde Augen aus der Fassade heraus. Aus dem Spitzen Dach ragte ein krummes Rohr in die Höhe, an seinem Ende ein spitzes Hütchen.

Emely betrat die Veranda und unter ihren Füßen knarrte das Holz. „Lass mich aufschließen, Moment." Er schritt an ihr vorbei und schob eine kleine unscheinbare Metallplatte links neben der Türe zurück.

Ein Tastenfeld wurde sichtbar und nach der Eingabe der richtigen Kombination hörte man ein Summen und das Geräusch arbeitender Mechanik in der Tür. „Voila" Frank öffnete die Türe, schaltete das Licht ein und ließ Emely eintreten. Noch halb in der Tür stehend blieb Emely stehen und schaute sich um. Sie stand in einem großen Raum, wahrscheinlich der einzige in der unteren Etage. In der Mitte stand ein massiver Träger aus Holz, direkt davor ein mannshoher, pechschwarzer Ofen aus Gussstahl. Rechts davon ein Tisch an dem locker zehn Personen hätten essen können. Es waren aber nur zwei Stühle angeschoben. Die Wände waren mit den Fellen unterschiedlichster Tiere behangen, dazwischen indianische Schmuckstücke und auch ein paar Bilder, meist schwarz-weiß Radierungen, die Jagdszenen zeigten. Links vom Ofen war eine Art Küche, ein kleinerer Gussofen stand dort an der Wand, über ihm hingen Pfannen und Töpfe aus Blech. Direkt am Eingang führte eine Treppe in den oberen Bereich des Hauses und nachdem Emelys Blick zu der Treppe von Frank mit einem stummen Nicken quittiert wurde, stieg Sie die Treppe hoch.

Oben erwartete sie ein schmaler Flur von dem zwei Türen abgingen. Dicht gefolgt von Frank öffnete sie die erste Tür und stand in einer Art Wohnzimmer. Der Raum maß in etwa zehn mal zehn Meter, war fast quadratisch und an der linken Seite war ein großer offener Kamin in die Wand gebaut worden. Um den Kamin herum waren Köpfe geschossener Tiere an der Wand drapiert und ihre toten Augen starrten in den Raum. In der Mitte der Trophäenwand - genau über dem Kamin - hing ein Gewehr aus glänzendem, schwarzen Stahl, den Schaft aus dunkelrotem Edelholz, einem vergoldetem Abzug und von Hand eingearbeiteten Gravuren.

An den Ecken des Raumes links und rechts neben dem Kamin standen Waffenschränke aus Holz und hinter den Glastüren erkannte Emely viele, sehr viele Gewehre, wie Perlen an einer Schnur standen sie aufgereiht nebeneinander. Vor dem Kamin lag ein Bärenfell und eine sehr niedrige Ledercouch mit ausladenden Seitenteilen sowie je ein Ledersessel rechts und links der Couch bildeten ein offenes Viereck.

Emely schaute fasziniert und gleichzeitig angewidert auf diese Kombination und nachdem sie dieses Bild hatte wirken lassen, drehte sie sich um und ihr Blick erhellte sich. Gegenüber dem Kamin war die ganze Wand ein einziges Bücherregal. Bis zu der hölzernen Decke reichten die Bücher. Die meisten waren sehr alt, hatten rissige Rücken und der Zahn der Zeit hatte schon arg an ihnen genagt. Schnell drehte sie sich zu Frank um, der die Begeisterung in ihren Augen entdeckte. „Hast du…", fragte sie hastig und noch bevor sie die Frage zu Ende führen konnte, kam seine Antwort. „…ja, alle." Und dabei lächelte er sie an.

Sie schaute wieder zu den Büchern. Dort standen die wissenschaftlichen Werke von Einstein, Niels Bohr, Werner Heisenberg neben der Principia Mathematica von Bertrand Russel oder den Erzählungen eines Ernest Hemingway oder Jules Verne. Selbst Erstausgaben aus den vergangenen Jahrhunderten schlummerten in diesem Regal. „Woher hast du die alle? Das muss ja ein Vermögen gekostet haben?" Emely war sichtlich beeindruckt. Ihre Finger glitten über den Rücken einer fast 300 Jahre alten Bibel und nicht ganz ohne Stolz erwiderte Frank, nun auf den Fußspitzen wippend: „Ich reise viel und in jedem Land, das ich besuche, lege ich mir ein Buch zu und ja… Es hat ein Vermögen gekostet."

Emely entdeckte die Tür rechts an der Wand und öffnete sie sachte. Sie stand in einem viel kleinerem Raum, der eigentlich nur aus einem großen Bett bestand. Sie schaute nach links zum Fußteil dieses großen schwarzen Metallbettes und ihre Augen weiteten sich. Die komplette linke Wand war ein Fenster und durch dieses konnte man den klaren Nachthimmel und seine funkelnden Sterne erkennen. Unter diesem schwarzblauen Himmel erstreckte sich der Lake Superior mit seinen weiten Ufern und als Emely ganz nah ans Fenster trat, sah sie am Ufer direkt am Haus eine weiße Yacht - am Bootssteg festgemacht - dümpeln. Sie drehte sich herum und betrachtete wieder das Bett. Ihr Blick wanderte über die sehr dicke und sicherlich warme Decke, die vielen Kissen, die zurückgeschlagene Tagesdecke aus roter Seide.

„Gefällt es dir?", dröhnte es aus dem Zimmer nebenan und Emely antwortete schnell: „Phantastisch, diese Aussicht…. So etwas wunderschönes…" „Heute Nacht kannst Du hier im Bett schlafen. Ich nehme die Couch." Emely betrat wieder das Jagdzimmer und sah, wie Frank sich seiner Schuhe entledigt hatte und den Kamin anfeuerte. „Auch einen Drink?", fragte er und hielt plötzlich eine Flache Scotch in der Hand. „Nein, danke erwiderte Emely. Ich bin sehr müde und würde gern schlafen gehen."
„Kein Problem", murmelte Frank, mit der einen Hand sich den Scotch einschenkend und mit der anderen Hand auf einem Satellitentelefon tippend. „Auch kein Empfang, sch…" „Wer ist denn das? Warst du beim Militär?" Frank hatte es sich gerade auf der ledernen Couch gemütlich gemacht, als er die nun hellwache Stimme Emelys aus dem Hintergrund vernahm. Langsam drehte er sich zu ihr herum und sah sie vor einem kleinen gerahmten Bild stehen.

Das Bild zeigte Frank neben einem hochgewachsenen, kräftigen Mann Mitte vierzig stehen. Der Mann hatte dünnes Haar, freundliche Augen und ein Lächeln im Gesicht stehen. Beide Männer trugen einen Fliegeroverall und unter ihren Armen hatten sie ihre Helme geklemmt. Im Hintergrund stand ein weißes Flugzeug mit deutschen Hoheitsabzeichen. Frank senkte seinen Blick und irgendwie schien er jetzt sehr weit weg. Emely fragte sich, ob sie das Bild hätte erwähnen dürfen. „Das ist Hermann von Ratow, Oberstleutnant Hermann von Ratow… Er war mein Freund", Frank murmelte und das letzte Wort sprach er in sein Glas. „War?", fragte Emely. „Er ist tot." Zynisch kamen die Worte über seine Lippen. Emely nahm das Bild von der Wand und setzte sich neben Frank auf die Couch. „Wer war er? Wie kam es zu diesem Bild?" Emely schaute mit einem ehrlich interessierten Blick in Franks Augen. Frank überlegte ein paar Sekunden. „Ist ja sowieso nicht mehr wichtig, oder?", murmelte er. Und nachdem er sich einen neuen Scotch eingegossen und sich zurückgelehnt hatte, starrte er auf die Flammen im Kamin und begann zu erzählen.

## Herman the German

Es war anfang1995 während des Jugoslawien-Konflikts. Ich war auf Geschäftsreise in Europa unterwegs. Das war auch die erste Reise an der Claire teilnahm. Wir kamen gerade aus Brest in Frankreich wieder, dort wurde damals der atomgetriebene Flugzeugträger Charles de Gaulle gebaut. Ich bekam einen Anruf von der Firma, dass sich nun die Nato definitiv an Luftschlägen in Jugoslawien beteiligte und ich solle mit der deutschen Regierung Kontakt aufnehmen. Man schickte uns einen Wagen der Bundeswehr und fuhr uns zu verschiedenen Stützpunkten.

Irgendwann kamen wir in ein kleines Dorf namens - Frank überlegte einige Sekunden - Norvich, Norvenich oder so ähnlich. Na jedenfalls war da ein Jagdbombergeschwader, eine Staffel Kampfhubschrauber und einige SAR Helis. Claire und ich konnten direkt und ohne Kontrollen bis in den inneren Kern vorfahren. Dort sind nur US-Angehörige stationiert. Naja, nicht alle sind US-Abstammung, die Schäferhunde kommen aus der ehemaligen DDR.

Wir fuhren direkt an das große Gebäude links neben dem Rollfeld, an den geladenen Maschinengewehren vorbei. Alle wirkten sehr nervös und wir wurden von jedem beobachtet - zumindest hatte ich diesen Eindruck. Vor dem Gebäude wurden wir von einem sehr sympathischen, damals noch Major von Ratow herzlich begrüßt. Ich war noch nicht so oft mit Deutschen zusammen gewesen und hatte immer etwas Vorbehalte, aber zu Hermann fasste ich schnell Vertrauen. Ich fragte ihn, warum er als Deutscher hier im inneren Kern arbeitete.

„Ich bin Kampfpilot. Irgendwo muss ich ja landen", Hermann lächelte und führte uns in das große Gebäude. Eigentlich war es nur eine riesige Halle, mit Kunststoffwänden in kleine Parzellen von etwa vier mal vier Metern unterteilt. In der Mitte der Halle war ein ziemlich großer Raum erstellt worden. Er hatte ca. 8 Meter in der Länge und 10 in der Breite. Dort befanden sich eine weiße, irrsinnig bequeme Ledercouch, mehrere Ledersessel, drei kleine Tische die vor den Sesseln und der Couch platziert waren und zwei riesige Flachbildschirme, die mit dicken Stahlseilen gesichert von der Decke herunter hingen. Beide liefen, der eine zeigte CNN, der andere Cartoons.

Hermann steuerte zielstrebig auf einen der fünf Kaffee-Automaten zu: „Wollt ihr zwei was Warmes? Also ich könnte jetzt einen Kaffee vertragen." Claire und ich schauten uns etwas verwirrt an. Hatte er uns jetzt geduzt? Prompt kam seine Frage „Ich darf euch doch duzen, oder? Wir sind hier eine große Familie", und sein Lächeln war entwaffnend. „Na klar Hermann", Claire machte den Anfang und antwortete Hermann von Ratow selbstbewusst. „Dann mal 'ne Runde Kaffee", ergänzte ich und wir drei lachten uns an.

Nachdem wir auf der weißen Couch Platz genommen und unsere kalten Finger an den Plastikbechern gewärmt hatten, wurde Hermann ernst. „Von der Hardthöhe kam die Order, dass ihr alles hier sehen und wissen dürft". Hermann kam schnell zur Sache. „Wir haben hier 6 ECR Tornados, sie werden unter anderem mit B61 80kt bestückt und aus diesem Grund reden wir jetzt miteinander." Claire warf einen Blick zu mir herüber und anschließend zu Hermann: „Das sind Kernwaffen, diese B61, oder?"
„Korrekt", antwortete Hermann. „Pershing 2 Gefechtsköpfe, 80 Kilotonnen Sprengkraft.

Wir haben noch ca. 200 davon etwa 50 Meter unter unseren Füßen in den Bunkern hier", er lächelte wieder. „Naja, auf jeden Fall wird in Brüssel darüber beraten, diese Waffe einzusetzen. In letzter Zeit wurden in Jugoslawien immer wieder UN-Truppen als Geiseln genommen und auch einige getötet. Mal von dem Völkermord abgesehen, werden dort systematisch Zivilisten geschlachtet." Hermanns Blick wurde kalt und Claire bekam eine Gänsehaut. „Ihre Firma stellt die radioaktive Masse sowie die Zündelektronik her. Wir brauchen daher Ersatzteile, Support und Logistik ihrerseits auf unseren Stützpunkten in Aviano und Piacenza." Nun sprach er wieder sachlich und blickte mich erwartungs- voll an. „Kein Problem Hermann. Wir stellen alles bereit. Unsere Techniker und Ingenieure werden sich auf den Weg machen. Ich brauche dann nur noch die Flugzeugtypen, die mit unseren Waffen dort zum Einsatz kommen, wegen der Software-Updates."

Wir redeten mehr als eine Stunde über die Anschaffung neuer Waffensysteme für die Flugzeuge, den aktuellen Stand der Technik und wie weit wohl die Rüstung in 10 Jahren fortgeschritten wäre. Trockene und sachliche Gespräche. Irgendwann machte Hermann den Anfang und erhob sich aus seinem Sessel. „Die Liste wird sofort zusammengestellt und eurer Firma zur Verfügung gestellt und nun…", er zog sich seine Uniformjacke gerade, „nun machen wir einen Rundgang. Ich zeig euch alles hier." „Gerne", erwiderte Claire, die sich die ganze Unterhaltung lang Notizen gemacht hat.
Hermann ging voraus und wir folgten ihm zu einem Hangar, der direkt neben der großen Halle lag. Zwischen der Halle und dem Hangar war ein etwa 5 Meter breiter Weg, der zu einem massiven Stahltor führte.

Auf dem etwa zwei Mal zwei Meter großen Tor waren Warnschilder angebracht: Nicht rauchen. Explosiv. Radioaktiv. Hermann deutete mit dem Kopf auf das Tor: „Mit dem was da drin ist, können wir die ganze Welt in Schutt und Asche legen." Claire schaute angewidert auf das kleine Stahltor und nahm meine Hand.

⬚⬚

Frank schaute das erste Mal zu Emely auf. „Das war in diesem Moment ein wunderschönes Gefühl. Niemals werde ich das vergessen." Er senkte den Blick wieder und erzählte weiter.

⬚⬚

„Aber kaum einer weiß, dass wir hier Kernwaffen lagern und dann noch in diesen Mengen." Hermann ging zielstrebig auf das halb geöffnete Hangartor zu. Wir traten ein und dort standen die sechs ECR Tornados. Sie waren schneeweiß lackiert, die schwarzen Hoheitsabzeichen an der Seite, die deutsche Flagge auf dem Höhenruder, darunter das Zeichen der NATO. Etwas unterhalb der Pilotenkanzel stand in schwungvoller Schrift **Deliberate Force.** Die Maschinen wurden gerade bewaffnet und ihre Elektronik geprüft. „Unsere Aufgabe ist es, serbische Artillerie ausfindig zu machen, zu dokumentieren und Luftschläge anzuordnen. Die deutsche Luftwaffe soll selber keine Angriffe fliegen, nur Bilder machen. Den Rest machen die Amerikaner. Die hier angebrachten Waffen sind nur für die Verteidigung geeignet, bis halt auf die **B61** - er deutete auf die zwei ca.4 Meter langen und knapp 40 cm breiten zylindrischen Körper unter den Flugzeugrümpfen.

Ihren Einsatz darf nur der Kanzler genehmigen." All das sagte er so, als handele es sich dabei um das normalste der Welt.

Hermann blieb vor einem Tornado mit der Kennung 43-93 stehen, legte seine Hand auf den Rumpf und erklärte stolz: „Das ist meiner. Wie wär's Claire, Frank... 'ne Runde drehen?" Er lächelte wieder und seine Augen waren die eines Kindes. Claire winkte ab. „Um Gottes willen", rief sie entsetzt. „Ok Hermann, ich bin dabei", sagte ich und nahm all meinen Mut zusammen. „Prima Frank, dann suchen wir jetzt mal was zum Anziehen für uns."

Wir verließen wieder die Halle und gingen in das kleine flache Gebäude daneben. Wenn uns Soldaten entgegen kamen, dann standen sie stramm vor Major von Ratow. Sie machten diesem Deutschen Offizier Meldung, sie hatten eine Menge Respekt vor ihm. Es war nicht nur der Respekt vor dem Dienstgrad, da war noch mehr. In dem flachen Gebäude waren die Schränke der Piloten sowie eine Kleiderausgabe untergebracht. Man drückte mir einen grünen Druckanzug in die Hand und mit Hilfe von Hermann war ich nach 20 Minuten ausgehfertig. Im Briefingraum neben dem Umkleidebereich füllte Hermann mehrere Zettel aus und betrachtete sich die Karte. Er zeigte mit einem Stift auf verschiedene Orte die wir überfliegen würden und nachdem er den Wetterbericht gelesen hatte, ging's auch direkt wieder aus dem Gebäude.
Draußen stand Claire und als sie mich in dem grünen Druckanzug mit dem Helm in der Hand sah, musste sie lachen. Hermann eilte wieder zu dem Hangar, sprach dort mit dem diensttuenden Wartungsoffizier und schon nach 5 Minuten wurde seine Maschine herausgeschoben.

Nachdem Hermann um die Maschine gegangen war, jede Niet, jede Klappe angeschaut hatte und mit der Hand zärtlich über die Flügelenden geglitten war, stellte er sich neben die Leiter und deutete mir mit der Hand an, ich solle einsteigen.

〰〰

„Kurz vorher machte Claire das Bild… So ein Cockpit ist verdammt eng!" Frank schaute wieder hoch zu Emely und dabei grinste er. „Ich merkte meine überflüssigen Pfunde auf dem engen Schleudersitz." Emely grinste und ihre Augen sprachen stumm: „Erzähl weiter."

〰〰

Nachdem Hermann mich festgeschnallt und den Sicherungssplint aus dem Schleudersitz gezogen hatte, schaute er mich an und sagte mir todernst, dass ich ja nix anfassen und wenn ich mich übergeben müsse, das bestenfalls früh genug anzukündigen solle.

Hermann setzte sich auf den Sitz vor mich, schnallte sich an und mit einer Kopfbewegung deutete er dem Wart an, die Leiter wegzunehmen. Wir wurden von einem kleinen Elektrokarren etwa 10 Meter vor den Hangar gezogen. Mein Herz schlug bis zum Hals. Mir wurde leicht flau als Hermann das Hilfstriebwerk startete und vor meinen Augen tausende kleine Lämpchen anfingen zu blinken.

〰〰

Eigentlich hatte ich 'ne Scheißangst. Ich habe Höhenangst und Flugangst. Frank nahm einen großen Schluck und füllte aus der nun fast leeren Flasche sein Glas wieder voll.

Claire schaute mich Sorgenvoll an. Sie war noch in der Halle, aber ihren besorgten Blick konnte ich förmlich spüren. Hermann startete die Haupttriebwerke und ein Zittern ließ das ganze Flugzeug erbeben. Ich sah wie sich die Klappen an den Flügeln links und rechts bewegten und ich erschreckte mich fast zu Tode, als plötzlich die Cockpit-kanzel sich senkte und mit einem dumpfen **Klick** einrastete. Über Funk konnte ich hören, was Hermann mit dem Tower sprach und als er die Startfreigabe bekam, sagte er nur die Worte: „Und ab geht's."

Hui, ich sage dir Emely, sowas hatte ich noch nicht erleb. Es presste mir den Leib in den Sitz, meine Arme wurden schwer, so eine Beschleunigung hatte ich noch nie erlebt und nach ein paar Sekunden waren wir in der Luft. Unter uns fuhren Autos über eine Straße und ich dachte ich könne sie anfassen…

„Wir drehen nur 'ne kleine Runde, kurz bis Aachen, wenden, ein Teil von Köln und wieder zurück. Ein Kurztrip sozusagen." Laut Höhenmesser hatten wir schon 800 Meter und Hermann legte die Maschine in eine leichte Rechtskurve - mir war so grottenschlecht. Rechts unten die teilweise noch schneebedeckten Felder und zu meiner linken den strahlend blauen Februar Himmel. Die Runde war wirklich kurz. Nach nur wenigen Minuten, aber gefühlten Stunden setzten wir wieder auf der knapp drei Kilometer langen Piste in Nörvenich auf.

Die Glaskanzel öffnete sich und ich suchte noch meinen Magen.

Hermann kletterte als erster heraus. Seine Augen strahlten und als er mich losschnallte fing er laut an zu lachen: „Ok Frank, die Fliegerei ist wohl nichts für Dich. Du bist ja kalkweiß." Es war eine simple Feststellung. Ich war weiß wie eine frisch getünchte Wand. Claire wartete schon in Respektabstand vor dem Flugzeug und als sie sah, dass ich von Hermann gestützt werden musste, kam sie halb lachend und halb in Sorge auf uns zugelaufen. Ich war froh, als ich diesen Anzug loswurde und wieder meine normalen Kleider trug… Abends sind wir dann noch in der Kaserne im NCO Club gewesen und haben uns dort mit Chickenwings, Billard und Squaredance die Nacht um die Ohren geschlagen. Irgendwann morgens wankten wir drei dann Arm in Arm zu unseren Quartieren.

Claire und ich blieben noch drei Tage in Kerpen. Hermann zeigte uns Köln - diesmal mit dem Wagen und länger als ein paar Minuten. Wir lernten auch Werner Schmidt und seine Frau Michaela kennen. Werner war Hermans Waffensystemoffizier. Die zwei flogen schon über sechs Jahre zusammen. Hermanns Freundin Brigitte, Claire und Michaela schlossen sich zusammen und machten die Kölner Altstadt unsicher. Wir Männer gingen in Respektabstand dahinter, redeten eigentlich nur übers Fliegen. Diese drei Tage waren für uns mehr wie ein kleiner Urlaub. Wir kamen als Vertreter und gingen als Freunde.

◻◻

Frank stockte wieder, nippte an seinem Glas und sein Blick wurde wieder hart.

⬚⬚

Ich traf Hermann das nächste Mal im Mai 1995 in Piacenza, Italien. Mittlerweile war er Oberstleutnant, Kommandant einer Staffel bestehend aus 14 ECR Tornados der Deutschen und 16 F16C der amerikanischen Luftwaffe. Ich erkannte im Hintergrund seine Maschine. Sie war durch die vielen Einsätze stark verschmutzt, wurde betankt und mehrere Soldaten verankerten Raketen unter den Tragflächen. Es wurden auch Angriffswaffen montiert und der schwarze Ruß an den Tragflächen verriet, dass diese Waffen auch benutzt wurden. Der ganze Flugplatz war wie ein Ameisennest, überall liefen Soldaten mit Gewehren herum. In der Nähe standen etwa 100 Tankwagen, ebenso viele Lastwagen vollgepackt mit Raketen, Bomben und Munition. Soviel hatte ich noch nie auf einem Haufen gesehen. Alle paar Sekunden hob ein Flugzeug ab, ein anderes landete. Die Luft war erfüllt mit ohrenbetäubendem Lärm, der Kerosingeruch war allgegenwärtig. Vor ein paar Monaten sind hier noch Menschen in den Urlaub geflogen, landeten hier und schlossen ihre Liebsten in die Arme. Nun wurden auf den Gepäckwagen Soldaten, Raketen und Munition transportiert. Ich erinnerte mich an einen Artikel in der Tribune: "Pulverfass Europa...." Hier formte sich das Bild zu diesem Satz.

Hermann erkannte mich gleich, doch sein Lächeln wirkte künstlich. Die Ränder unter den Augen ließen mir sein Gesicht so fremd erscheinen. Er kam auf mich zu und streckte mir seine Hand entgegen. „Frank, schön dich zu sehen. Du, wir sind hier im Stress.

Ich hab gleich noch einen Einsatz, aber dann ist Schluss für heute. Ist mein achter Flug heute. Komm doch mit zum Briefing."

Ich folgte ihm in den abgesperrten Bereich des Flugplatzes. Sein Dienstgrad und sein Ruf - das erfuhr ich erst später- ließen auch mich in die gesperrten Bereiche. Im Briefing-Raum, der wie ein Klassenzimmer einer Schule aussah, saßen nur drei Piloten, zwei Amerikaner und ein Deutscher. Hermann setzte sich zu Hauptmann Werner Schmidt und ich nahm eine Reihe dahinter Platz. Ein etwa 60-jähriger Generalmajor der niederländischen Armee betrat den Raum und alle beteiligten erhoben sich und grüßten den General. Er war groß, bestimmt an die zwei Meter, hatte kurzes graues Haar und harte klare blaue Augen. Seine tadellose Uniform war übersät mit Orden und Abzeichen. Als er mich sah wurde sein Blick misstrauisch und er fragte: „Was macht der Zivilist hier?" Er schaute die anwesenden Offiziere an und würdigte mich keines Blickes mehr. Nun erhob ich mich auch, versuchte wichtig zu wirken und sprach mit fester Stimme: „Frank Morton, Alliant Tech Systems, Sonderge-nehmigung c3 Pentagon." Dabei schaute ich den General an, der bei meinen Worten den Kopf zu mir drehte. „Meinet-wegen, setzen und Klappe halten Jungchen."

Er schaltete den Tageslichtprojektor ein und legte eine Folie mit einem Geländeabschnitt Jugoslawiens auf. „Meine Herren. Wir haben Grund zu der Annahme, dass auf den Bergen um die Stadt Tuzla immer mehr serbische Artillerie stationiert ist. Es kommen immer öfters Meldungen über Granateinschläge in der Stadt an." Bei diesen Worten zeigte er mit einem kleinen Holzstab auf der Karte verschiedene Punkte und tippte immer wieder auf die weiten Bergkämme um die Stadt Tuzla herum.

„Von Ratow, Sie schauen sich das mal an. Machen Sie Bilder und klären Sie uns auf. Wir vermuten auch mobile serbische Radarstellungen auf den Bergen. Die könnten uns viel Kopfzerbrechen machen." Der General schaute die zwei Amerikaner an. „Sie sind vom 58sten? Colonel Palmer? Gute Truppe. Ihr macht heute den Wingman. Denkt an die serbische Flugabwehr! Viel Glück und ich will euch heut Abend wiedersehen. An einem Stück. Wegtreten!"

Die Soldaten erhoben sich und salutierten vor dem General. Wir drehten uns zur Tür und bevor Hermann sie erreichte ertönte die Stimme des Generals. „Herr Oberstleutnant, da wäre noch etwas…" Von Ratow drehte sich herum und steuerte den General an. Die beiden Männer unterhielten sich sehr leise. Es schien, als ob der General eine Bitte äußerte. Hermann nickte ab und zu, schwieg aber die ganze Zeit. Als der General verstummte und von Ratow stramm den militärischen Gruß vollzog, salutierte auch der General. „Weggetreten Soldat." Hermann drehte sich wortlos zur Tür und ging an mir vorbei.

Ich folgte Hermann und Werner in den Umkleideraum. Sie zogen sich schweigend ihre Anzüge an, überprüften ihre Ausrüstung und kontrollierten sich gegenseitig. „Geh schon mal vor Werner, ich komme gleich nach." Werner nickte kurz, schaute dann mich an und verließ die Baracke. Hermann schaute mich an und dann sprach er mit gebrochener Stimme zu mir. „Hier gerät alles aus dem Ruder Frank. Wie du weißt, fliege ich Aufklärung. Tief runter, Bilder machen, Radarstellungen, Artilleriestellungen ausmachen und wieder ab nach Hause. Hermann setzte sich vor den Spind auf das kleine Holzbänkchen, ich tat es ihm gleich und setzte mich gegenüber.

Hermann hob den Kopf und schaute mir direkt in die Augen. „Mittlerweile fliege ich Angriffe auf mobile Raketen-abschussrampen, Artilleriestellungen." Er schaute auf seine Hände, dann schaute er mich an. „Siehst du diese Hände? Sie sollten mal ein Kind halten. Nun haben sie getötet und sie werden es weiter tun, werden es wieder tun. Siehst du diese Augen?", er hob den Kopf und ich sah in diese glanzlosen feuchten Augen. „Ich kann ihre Gesichter sehen. Ich sehe die schmutzigen, verweinten Gesichter von Frauen, Kindern und Greisen. Ich sehe, wie sie ihre Hände zu mir strecken, wenn ich in 100 Metern Höhe über sie hinweg fliege. Ich sehe die Lichtungen, wo sie alle erschossen und vergraben werden. Ich sehe die Soldaten, die Bagger. Ich sehe die zerstörten Städte, die menschenleeren Straßen, übersät von Toten, Trümmern... Ich sehe Bettlaken an Dächern befestigt auf denen steht: **Helft uns, vergesst uns nicht** in verschiedenen Sprachen." Hermann holte seine Pistole aus dem Schulterholster ohne den Blick von mir zu wenden und nahm das Magazin heraus.

„Sie brauchen unsere Hilfe. Sie hoffen auf uns. 5 km vor der Stadt stecken die UN-Konvois fest, werden an den Straßensperren nicht durchgelassen. Von den Bergen wird nur aus Spaß in die Stadt geschossen. Die Stadt hat keinerlei taktischen Vorteil für den Gegner. Wir haben hier die größte Armee seit dem zweiten Weltkrieg auf die Beine gestellt, Frank und wir sind doch so machtlos. Dabei zog er den Verschluss der Waffe ein Stück auf, sah die Patrone, schloss die Waffe wieder und schob das Magazin sachte hinein bis es hörbar einrastete. „Das ist nicht mein Krieg Frank. Ich wollte nur Fliegen und nun sehe ich auf 2 mal 2 Metern in Schwarzweiß-Bilder, die ich nie sehen wollte." Ich glaubte Tränen auf seinem Gesicht erkannt zu haben.

„Zum Ende des Jahres werde ich meinen Dienst quittieren. Brigitte und ich wollen heiraten und wieder in meine Heimat nach Passau ziehen."

⬚⬚

Frank erhob sich unter den Augen von Emely vom Sofa und ging zu dem kleinen Fenster gegenüber der Tür und öffnete es langsam. Die kühle Nachtluft drang in den vom Kamin gut geheizten Raum. Frank schaute in die Nacht und fuhr fort…

⬚⬚

Dann stand Hermann auf, steckte seine Pistole wieder in das Halfter und schritt an mir vorbei. „Wir reden heut Abend nochmal drüber. Ich hab noch ein Date mit irgendwelchen Radarstellungen. Ein gequältes Lächeln brachte er noch heraus und dann drehte er sich um und ging zu seiner Maschine, an der Werner schon wartete. Sie kletterten in ihren Tornado mit der Nummer 43-93 und nachdem auch Colonel Palmer mit seiner F16 bereit war, hoben beide Flugzeuge mit dem Getöse der Nachbrenner in den Nachmittagshimmel von Piacenza ab.

⬚⬚

Frank drehte sich zu Emely herum. „Das war das letzte Mal, dass ich ihn sah. Ich war ja beruflich in Italien, also überwachte ich die Softwareupdates der neuen Waffensysteme, sprach mit Offizieren, knüpfte Kontakte…. Das Übliche halt."

⬚⬚

Ich trieb mich meist auf dem Flugplatz herum. Das Getöse, der Lärm, die Hektik… All das nahm ich gar nicht mehr wahr. Plötzlich kam eine Durchsage auf italienisch und eine Sirene ertönte. Und irgendwie kam dann alles zum stillstand. Es starteten keine Flugzeuge mehr, es landeten auch keine mehr… Bis auf die Sirene war gespenstige Ruhe. Ich konnte den Wind hören. Ich sprach einen italienischen Leutnant an, der an mir vorbei kam und fragte was los sei. „Eine Notlandung, ein angeschossener Jet kommt rein, mehr weiß ich auch nicht." Ich schaute auf das Rollfeld und sah Feuerwehrwagen, Krankenwagen, sie fuhren sehr schnell zum Ende der Landebahn. Die dort schon angekommenen Feuerwehrwagen legten einen meterhohen Schaumteppich. Im Licht der untergehenden Sonne sah ich ein Flugzeug langsam, sehr langsam näher kommen. Es wurde flankiert von zwei F18 Jets, die ihre Mühe hatten so langsam nebenher zu fliegen. Der kleine Jet in der Mitte wackelte stark, konnte kaum den Kurs halten.

Es war Palmers F16 und als sie zum Landen ansetzte, sah ich faustgroße Löcher im Höhenruder. Teile vom Rumpf fehlten, aus den Löchern quoll grüne und schwarze Flüssigkeit. Die F16 hatte keine Raketen mehr unter ihren Tragflächen, auch der Zusatztank fehlte und als sie ohne das Fahrwerk auszufahren auf dem Schaumteppich aufsetzte, erfüllte ein grausam lautes Kreischen die Luft. In einem Funkenregen rutschte das Flugzeug dem Ende der Landebahn entgegen. Colonel Palmer sprengte die Glas-kuppel ab als sie zum Stehen kamen.

Ich rannte dem Flugzeug hinterher und als ich die Maschine erreichte, wurde gerade Palmers Waffensystemoffizier aus dem Cockpit befreit. Er war verletzt. Ein Querschläger hatte ihn wohl am Bein erwischt.

Er blutete stark und mit schmerzverzerrtem Gesicht beobachtete er die Sanitäter, wie sie ihn auf die Bahre legten. Er hob die rechte Hand und streckte den Daumen hoch. Palmer stand vor seiner Maschine und rauchte eine Zigarette. Als ich ihn erreichte, schaute er mich an und sagte absolut ruhig und gefasst: „Ratow wurde abgeschossen. Ich habe einen Schirm gesehen, weiß aber nicht wer raus kam. Hatte zwei Banditen am Arsch... Sorry man." Mit diesen Worten drehte er sich um und stieg in den Krankenwagen zu seinem Kameraden.

⊡⊡

Frank schloss das Fenster wieder und setzte sich zu Emely auf die Couch: „Ich war wie betäubt", fuhr Frank fort. „Wusste nicht mehr weiter."

⊡⊡

Irgendwie kam ich wieder in die Baracke und dachte an Brigitte: „Ach, Palmer hat einen Schirm gesehen. Vielleicht hat er den zweiten übersehen... Ja, so muss es sein!" Ich rannte zur Operationszentrale, ein kleines zweistöckiges Gebäude neben dem Tower. Mit meinem Ausweis in der Hand rannte ich an den Soldaten vorbei, die das Gebäude bewachten und betrat außer Atem das Büro des niederländischen Generals. „Sie schon wieder. Ich habe zu tun, was wollen Sie?" Ich erzählte ihm von Palmers Worten und erwähnte, dass von Ratow mein Freund war. Der General hob den Kopf. Und nun sprach er mit leiser und unendlich erschöpfter Stimme. Ratow und Palmer hatten ihren Auftrag fast erfüllt, wollten umkehren, da wurden sie von zwei serbischen Mig 29 angegriffen.

106

Dabei ist in diesem Bereich Flugverbotszone. Die erste Verletzung des Luftraumes. Ratow und Palmer haben mit ihren Maschinen keine Chance gegen Migs vom Typ 29. Es entwickelte sich schnell ein Dogfight und Palmer konnte eine Mig neutralisieren, die zweite hing sich an Ratow. Schmidt und Ratow gingen dann unter 300 Fuß und so verloren wir sie vom Schirm. Eine halbe Minute später war die Mig wieder im Radar. Palmer war zu diesem Zeitpunkt schon angeschossen, konnte aber noch einen Treffer landen und so die Mig zur Flucht überreden. Wir haben ein, definitiv nur ein, Notsignal aufgefangen. General van de Kerk schaute mich mit festem Blick an. „Wir wissen nicht wer rauskam, aber wir haben die Koordinaten des Fallschirms. Ein Team der Navy Seals macht sich gerade auf dem Träger **Theodore Roosevelt** startklar und im Schutze der Nacht starten wir die Rettungsaktion."

Ich musste den General wohl seltsam angeschaut haben, denn nach 10 Sekunden sagte er noch - diesmal wieder in seinen Papierbergen auf dem Schreibtisch versunken:„In einer halben Stunde geht ein Flug zur Roosevelt. Fliegen sie mit Mr. Morton… Abtreten."

Damit war das Gespräch für ihn beendet und ich verließ sein Büro. Vor seiner Tür rief ich Claire an. Als ich ihr schilderte, was passiert war, konnte ich hören, wie sie weinte. Auf meine plumpe Art versuchte ich sie zu trösten, was natürlich nicht gelang. Mit dem Versprechen, sie weiter auf dem Laufenden zu halten, legte ich wieder auf. Ich rannte aus dem Gebäude wieder heraus und steuerte auf das Gebäude der Flugbereitschaft zu. Schnell fand ich die Maschine zur Roosevelt und nach einem Telefonat des Diensthabenden Wachoffizier durfte ich das kleine Transportflugzeug besteigen.

Stockfinster war es draußen als wir auf dem Flugzeugträger aufsetzten und ich suchte den Kapitän auf. Kommandant Ronald L. Christenson, ein etwas dicklicher grauhaariger Mann mit hängenden Wangen und kleinen Augen stand etwas verloren auf der riesigen Brücke der Theodore Roosevelt. Als er mich sah, drehte er sich schnell zu mir um und streckte mir seine fleischige Hand entgegen: „Es tut mir leid was mit ihren Freunden passiert ist. Schauen sie heraus, dort der Helikopter… Die Jungs sind bereit." Ich schaute durch ein Fernglas, welches ich von einem jungen Soldaten in die Hand gedrückt bekam. Durch das Glas konnte ich zwei Sikorsky Ch-53 Helikopter, mattschwarz ohne Registrierungsnummer oder Beflaggung erkennen. Ca. 10 schwarz vermummte Personen mit Maschinenpistolen und Sturmgewehren schminkten sich gerade gegenseitig ihre Gesichter schwarz.

〰〰

Frank hob den Kopf zu Emely. „Sie machen das genau wie ihr", und er lächelte zum ersten Mal seit er zu erzählen begann.

〰〰

Nachdem sie fertig waren bestiegen sie die Helikopter und Christenson gab persönlich den Startbefehl. Auf der Roosevelt war genausviel los wie in Piacenza. Ein Starten und Landen, Tanken, Bewaffnen und wieder Starten… Hektisches Treiben der über 5.000 Besatzungsmitglieder. Ein Bienenstock ist ruhig dagegen. Doch als die zwei Sikorsky starteten, wurde der Flugbetrieb kurzzeitig unterbrochen und jeder an Deck, schaute den zwei Hubschraubern hinterher.

Am nächsten frühen Morgen, die Sonne war gerade aufge-
gangen, da kam die Meldung rein… Die zwei Ch-53 waren
im Landeanflug auf die Roosevelt und auf dem Landefeld
gingen die Lichter an. Sanitäter des Schiffes standen mit
Arztkoffern und Bahren an der Landezone. Ich hatte nicht
geschlafen und ziemlich wild aussehend stürmte ich auf das
Flugdeck, wo ich sofort von einem Soldaten festgehalten
wurde. Er hatte wohl Angst, ich würde von den Rotorblättern zerhackt. Ein Helikopter landete direkt in der
Landezone, der andere am Heck des Schiffes. Ich stand an
der Landezone, starrte auf die Tür und als sich endlich die
Schiebetür öffnete und die schwarz vermummten Gestalten
eine Trage aus dem Bauch des Sikorsky hoben, blieb mein
Herz stehen. Werner Schmidt lag auf der Bahre, den Kopf
hochgelegt, bei Bewusstsein, sein Gesicht war blutver-
schmiert, das rechte Bein bandagiert. Sofort rannten die
Sanitäter zu ihm und versorgten ihn auf dem Weg zur
Krankenstation. Ich rannte den Sanitätern hinterher und als
wir tief im Bauch der Roosevelt die kleine aber komplett
ausgestattete Krankenstation erreichten, konnte ich kurz in
seine Augen schauen, als sie ihn auf den Operationstisch
legten. Seine Augen waren fast schwarz, eingefallen,
ausdruckslos, starr waren sie.

Vielleicht eine Stunde stand ich vor der Tür zum OP,
niemand ging in dieser Zeit rein oder kam heraus. Dann
öffnete sich die Tür und der Arzt, sprach mit ruhigem Ton zu
mir. „Frank Morton?“ Ich nickte stumm. „Er hat einen
Beinbruch, durch den Ausstieg bei sehr hoher Geschwindigkeit. Zudem Glassplitter im Gesicht und was mir Sorgen
macht, viele angebrochene und geprellte Wirbel. Er wird nie
wieder fliegen können. Wir haben ihm ein Beruhigungs-
mittel gegeben.

Als er hier ankam hat er sie erkannt und möchte sie jetzt sprechen, aber bitte nur kurz." Ich betrat den kleinen Raum und mit einem Kloß im Hals und setzte mich auf das Bett in dem Werner lag. Er schaute mich mit seinen müden Augen an. „Hermann hat es nicht geschafft. Was ist mit Palmer?" „Palmer kam schwer angeschlagen rein. Sein WSO ist verletzt, kommt aber durch. Was ist da oben passiert Werner?" Werner versuchte zu lachen, es kam aber nur ein kurzes Husten dabei heraus. „Oben ist gut…"
Mit schmerzverzerrtem Gesicht versuchte Werner sich aufzusetzen. Als es ihm gelang, schloss er die Augen und begann zu erzählen…

◻◻

12. Mai 1996, 16.40 Uhr Piacenza Airbase Italien. Oberstleutnant Hermann von Ratow klappte sein Sonnenvisier an seinem Helm herunter und drückte die Schubhebel nach vorne. Als sein Display 60 Prozent Schubkraft anzeigte, löste er die Bremse und der acht Jahre alte Tornado rollte los. Schon nach ein paar Sekunden waren die 260 km/h erreicht und das Fahrwerk verlor den Kontakt zum Boden. Kurz vor ihnen startete Colonel Palmer mit seiner F16 in den späten Nachmittagshimmel und die Kontur seiner Maschine kam immer näher, denn von Ratow beschleunigte auf 800 km/h um aufzuschließen. Als sie über dem Meer waren, überprüfte Hauptmann Schmidt die Bordcomputer, Kommunikation, Triebwerke und Waffensysteme. Er meldete die volle Einsatzbereitschaft an von Ratow. Auf Kanal 1 meldete Colonel Palmer ebenfalls Einsatzbereitschaft aller Systeme und nachdem auch die Airbase informiert wurde, kam sofort die Meldung zurück, dass Waffenfreigabe besteht und nach eigenem Ermessen davon Gebrauch gemacht werden kann.

Beide Maschinen flogen in 1000 Metern Höhe auf das Festland zu. Um 17. 15 Uhr erreichten sie das Festland. Palmer entsicherte seine Luft-Luft Raketen und sein Radar tastete den Luftraum Jugoslawiens ab. Noch knapp 200 km bis Tuzla und von Ratow schaltete die hochempfindlich Elektronik, die sich vorn hinter der schwarzen Nase des Tornados verbarg ein. Es dauerte nicht lange und sein Display meldete den ersten Kontakt. Eine alte mobile russische Luftabwehrraketenanlage wurde angezeigt. Hauptmann Schmidt aktivierte das Zielsuchsystem des Tornados und nachdem die Raketenanlage im Zielcomputer eingeloggt war und das durch ein blinkendes grünes Lämpchen im Display angezeigt wurde, drückte Werner Schmidt auf den oberen Knopf an seinem Flightstick. Eine der vier HARM Raketen löste sich vom Rumpf der Maschine und nach einer Zehntelsekunde zündete das kleine Triebwerk der Rakete. Sie flog mit dreifacher Schallgeschwindigkeit auf die Raketenstellung zu. Die Radarstrahlen, die von der Anlage ausgingen, führten die HARM ins Ziel. Die mobile Anlage - ein 25 Tonnen schwerer LKW mit sechs Achsen und acht Boden-Luftraketen auf dem Anhänger - wurde durch die Wucht der Detonation komplett zerstört. Am Einschlagort der Rakete befand sich nur noch ein Krater von 50 Metern Durchmesser und vier Metern Tiefe.

Es war 17.32 Uhr als kurz vor Tuzla das Radar von Schmidt sich wieder meldete. Auf einer Bergkuppe nordwestlich ca. 3 km vor der Stadt wurde eine Radarstation angezeigt. Von Ratow legte den Tornado in eine seichte Linkskurve, nahm den Schub zurück und brachte die Maschine in eine gute Schussposition. Werner Schmidt machte die Zweite HARM scharf.

„Banditen", Palmers stimme dröhnte laut in den Ohren der zwei Deutschen Offiziere. Von Ratow sah sie in nordöstlicher Richtung kommen. Zwei MIG 29 der jugoslawischen Armee - voll bewaffnet. Die MIG´s trennten sich, die eine flog Richtung Palmers F16 und die zweite MIG kam auf von Ratow zu. In schlechtem Englisch forderte der MIG Pilot, der sich an Palmer gehangen hatte, beide Nato Maschinen auf abzudrehen, mit der Begründung, dass jugoslawischer Luftraum verletzt würde und dem Hinweis auf Warnschüsse bei nicht Beachten der Aufforderung. Die MIG hatte sich nun neben Palmers F16 gesetzt und beide Flugzeuge trennten keine 20 Meter. Palmer zeigte den Mittelfinger und drehte nach rechts unten ab. Die MIG folgte und machte ihre Waffen scharf. Die zweite MIG setzte sich hinter von Ratow und versuchte eine gute Schussposition zu bekommen, aber von Ratow pendelte von rechts nach links.

Um 17.42 Uhr schoss die erste MIG auf Palmer, doch die 30mm-Geschosse verfehlten das amerikanische Flugzeug und Palmer drehte ab. Er beschleunigte und zog danach die F16 in einer engen Linkskurve kerzengerade nach oben. Die Mig folgte ohne Mühe. Palmer stieg höher und höher. Bei 10.000 Fuß ließ er die Maschine über ihre Querachse nach unten fallen. Die MIG folgte immer noch dicht auf. Im Sturzflug rasten beide Flugzeuge dem Boden entgegen. Die MIG feuerte aus der Bordkanone und schoss zwei Luft-Luft Raketen ab. Palmer riss seine F16 hoch und beschleunigte stark. Die feindlichen Kugeln und die Raketen verfehlten ihn abermals. Die Mig folgte und schloss dicht auf. Diesmal ließ sich der jugoslawische Pilot mehr Zeit zum Zielen und als die F16 in seinem Zielcomputer aufleuchtete drückte er ab.

Die Geschosse verließen den Lauf der Bordkanone und schlugen im Leitwerk, Heck und Tank ein. In diesem Moment bremste Palmer - Landeklappen hoch, Umkehrschub. Die Mig raste an der bremsenden F16 vorbei und als Palmer das Heck der MIG mit der blau-weiß-roten Flagge Jugoslawiens vorbei huschen sah, drückte er ab. Zwei Javelin-Raketen lösten sich und rasten der MIG hinterher. Die Javelins suchten die heißen Abgase der Triebwerke und schlugen nach knapp zwei Sekunden Flugzeit in die MIG ein. In einem immens großen Feuerball explodierte das Heck der MIG, der Treibstoff in den Tanks hatte sich direkt mit entzündet. Aus diesem Feuerball schoss der Schleudersitz des Piloten. Er konnte sich in der letzten Sekunde noch herausschießen. Palmer drehte sofort ab und überprüfte seine Maschine. Triebwerke intakt, Waffen intakt, Treibstoffvorrat stark fallend, der Computer errechnete das Palmer sofort umkehren musste, sonst stürzte er vor Italien ins Meer. Wo war von Ratow?

Oberstleutnant von Ratow suchte ein Tal. Er wusste, dass er gegen eine Mig 29 hoch im Himmel keine Chance haben würde, sie ist ein Jäger, in der Luft zuhause. Der Tornado, ein Jagdbomber, hat seine Vorteile eher in Bodennähe. Die Stadt Tuzla - in einem Malerischen Tal gelegen, flankiert von hohen massiven Felsformationen – war ideal zum Entkommen. Auf Kosten der Radaranlage besaß der Tornado keine Bordkanone, einzig die Raketen konnten das Flugzeug schützen. Ratow drückte den Schubregler nach vorne und zog die Maschine nach oben. Er brauchte Schwung. Während er stieg, drehte er sich permanent um seine Längsachse, damit die MIG kein klares Ziel bekam. Mit 200 Metern in der Sekunde trieb von Ratow die Maschine in den Himmel, die Mig folgte in geringem Abstand.

Sie holte auf, langsam kam sie immer näher. Nach endlosen 25 Sekunden zeigte der Höhenmesser im Tornado knapp 15 Kilometer über Grund. Von Ratow nahm den Schub weg und kippte nach vorn über. Schmidt meldete sich von hinten: „Das schafft sie nicht Hermann. Sie bricht auseinander." Schmidt ahnte was von Ratow vor hatte. „Sie hält", entgegnete dieser. Für einen Moment sahen sie die Erdkrümmung, den dunklen Streifen des unendlichen Raumes über ihnen. Sie kippten zur Erde ab und von Ratow gab Schub. Alles, was da war und auch die Nachbrenner zündete er. Die Tragflächen schoben sich in den Rumpf und ein 20 Tonnen schwerer weißer Pfeil raste dem Boden entgegen. Die Mig folgte, aber ihr Pilot zögerte und so vergrößerte sich der Abstand.

Der Höhenmesser überschlug sich fast, so schnell drehte er sich rückwärts. Der Geschwindigkeitsmesser zeigte schon mehr als 2.000 Km/h und sie wurden immer noch schneller. Der Rumpf vibrierte, ein Zittern ergriff die Struktur. Im Cockpit roch es nach Kaffee. Durch die immense Luftreibung erhitze sich die Außenhaut und das Hydrauliköl in den Leitungen fing fast an zu kochen. 2.200 Km/h und der Boden kam näher. Von Ratow erkannte eine Landstraße. Sie führte in die Stadt Tuzla hinein. Etwa 5 km vor der Stadt blockierten Straßensperren den Weg. Zwei Schützenpanzer und etwa 10 Soldaten waren dort stationiert und hinderten einen UN-Konvoi, bestehend aus 25 LKW, daran in diese Stadt vorzudringen, um die hungernde Bevölkerung zu versorgen. Der Konvoi unter französischem Kommando bezog 2 km vor der Straßensperre seine Stellung und wartete. Von Ratow dachte an das Gespräch mit dem General. "Schalten sie diese Straßensperre aus. Wie ist mir egal. Ich übernehme die volle Verantwortung."

Und leise fügte er hinzu: „Es ist eine unsägliche Tragödie diese Stadt hungern zu lassen. Regeln sie das Herr Oberstleutnant. Ich kann es ihnen nicht befehlen. Ich bitte sie von Soldat zu Soldat."

„Wir lassen sie fliegen." Werner Schmidt, der den Treibstoffverbrauch berechnete, murmelte ein: „Jawohl" und hielt die Kerosin anzeigen im Auge. „Es wird knapp mit dem Sprit, wir müssen zurück. Schaffst du die Mig?" „Das werden wir jetzt sehen." Kam knapp durch seinen Kopfhörer.

Bei 1.000 Meter über Grund und knapp 2.500 km/h nahm von Ratow den Schub weg und zog den Steuerknüppel zu sich, gleichzeitig ließ er die Tragflächen aus dem Rumpf fahren. Der Tornado hob langsam die Nase, richtete sich auf, die G-Belastung stieg und alle Sensoren für die strukturelle Integrität meldeten Überbelastung. Die Druckanzüge beider Piloten pumpten sich auf, das Blut musste oben bleiben. Schmidt fing an Sterne vor seinen Augen zu sehen, er atmete ein verändertes Luftgemisch ein und behielt die Augen nur mühsam offen. Von Ratow zog den Stick mit aller Kraft zu sich hin. Knacken und Knirschen des Rumpfes deuteten den Kollaps an, der kurz bevorstand. Jede Niet, jede Schraube war am Ende ihrer Belastungsgrenze angekommen. Und dann waren sie wieder gerade. Die Kurve hatte viel Geschwindigkeit weggenommen, aber der Geschwindigkeitsmesser zeigt immer noch 1.900 km /h an. Die Mig war weit weg und versuchte zu folgen. Ratov ließ die Tragflächen erneut einfahren und drückte die Nase tiefer. Er ging runter auf 50 Meter über der Landstraße. Vor ihm ein graues Band, links und rechts grünverwaschene Berge. Die Landstraße war gerade mal drei Meter breiter als die Maschine.

Die Äste der Bäume hingen weit über die Fahrbahn und das Unkraut wucherte aus jeder Ritze im verwitterten Asphalt. Die Mig holte auf. Noch 800 Meter bis sie nahe genug war für einen Schlag.

Hermann von Ratow war in seinem Element. Er flog nicht, er lebte. Nur wenige Piloten können intuitiv fliegen, können vorher wissen, was passiert. Von Ratow war so einer. Er wusste, wann er welches Manöver flog, noch bevor der Computer reagierte. Mittlerweile waren sie 20 Meter über Grund und rasten mit 1.700 km/h über die Landstraße. Durch den Unterdruck am Heck wurden Gegenstände, kleine Bäume und der am Straßenrand liegende Unrat bis zu fünf Meter in die Höhe gezogen, um dann total deformiert ein paar Meter weiter zu Boden zu fallen. Der Tornado zog eine Schneise der Verwüstung hinter sich her. Eine braune Wolke aus Erde, Dreck und Steinen wurde hochgewirbelt. Die Mig konnte da nicht durch, weil ihre empfindlichen Mantelstrom-Triebwerke sofort explodieren würden, wenn sie den Dreck einsaugen. Also stieg die Mig auf 200 Meter und versuchte aufzuholen. Von Ratow näherte sich der Straßensperre. Die Bordcomputer für die Steuerrung kamen mit der Flut der Daten nicht mehr zurecht. Von Ratow schaltete die Computer ab und drückte den 20 Tonnen schweren Jagdbomber bis auf fünf Meter über Grund.

Die Soldaten an der Straßensperre konnten das Flugzeug nicht hören. Es war fast doppelt so schnell, wie der Schall. Sie sahen nur etwas sehr großes auf sich zurasen. Noch nicht mal ein Wimpernschlag später wurden alle Soldaten durch den Unterdruck in die Höhe gezogen und ihre grotesk verformten Körper klatschten leblos auf den grauen Asphalt.

Einige wurden von den umherfliegenden Trümmern getroffen oder den umstürzenden Panzern erschlagen. Von Ratow öffnete COM-Kanal 3 und sagte nur ein Wort: „Fini!"

General Philippe Morillon nahm das Fernglas von den Augen, drehte sich zu seinem Funker um und schaute dann auf die 25 LKW Fahrer vor seinem Kommandowagen. Er ballte die rechte Faust, reckte sie in den Himmel und gab den Befehl zum Anlassen der Motoren - der Weg in die Stadt war frei.

COM-Leitung 2 blinkte und Schmidt öffnete den Kanal. Es war Colonel Palmer und er fragte nach Zustand und Position der deutschen Maschine. Schmidt gab einen kurzen Lagebericht mit der Bitte um Hilfe und trennte die Verbindung. Sie nährten sich Tuzla, noch 3.000 Meter bis zur Stadt. Die Mig feuerte vier Raketen auf den Tornado ab. Zwei verfehlten ihr Ziel und schlugen schon früh in den Boden ein. Die anderen zwei suchten den heißen Abgasstrahl des Tornados. Eine Rakete kollidierte in der Dreckwolke mit einem umherfliegenden Ast und schlug unkontrolliert nach rechts in den Wald ein. Die vierte Rakete näherte sich dem Triebwerk des Tornados. Schmidt schoss Magnesium fackeln ab, sie brennen heißer als das Triebwerk und können so diese Art von Raketen täuschen. Die Fackeln kamen zu spät zum Einsatz, die Rakete explodierte 2 Meter hinter dem Triebwerk und zerriss es in millionen kleine Splitter aus glühendem Titan. Der Treibstoff entzündete sich und tauchte das ganze Heck des Tornados in Feuer. Schmidt beobachtete das Display. Turbine 1: Totalausfall. Turbine 2: 17 Prozent, fallend. Treibstoff: 300 kg. Hydraulikausfall. Und noch 1.600 km/h und 700 Meter bis zu Stadt.

Schmidt meldete sofort mit ruhiger und gefasster Stimme an von Ratow. Oberstleutnant von Ratow quittierte die Meldung mit einen knappen „Verstanden." Er wusste auch ohne die Meldung, dass die Maschine unter ihm stirbt. Wir werden beide hier sterben, dachte er.

„Es war mir eine Ehre mit dir zu fliegen." Die Stimme von Hermann von Ratow war ruhig und warm. Er legte den orangenen Kippschalter links an seiner Konsole um und mit einem dumpfen Schlag wurde das Kabinendach abgesprengt. Die brachiale Gewalt der umströmenden Luft zerriss die Glaskanzel in abertausend Splitter. Gleichzeitig wurden die vier Raketen des Martin-Baker Schleudersitzes gezündet und beschleunigten den Sitz von Werner Schmidt durch die Splitterwolke von Glas und Metall des Kabinendaches. Einige der Metallbänder streiften den Helm von Hauptmann Schmidt, durchbrachen das schussfeste Glas und die mittlerweile kraftlosen kleinen Splitter verletzten den Deutschen im Gesicht. Glück im Unglück, dass die Sauerstoffmaske nicht beschädigt wurde. Der ohrenbetäubende Lärm in dem nun offenen Cockpit lies das Blut aus den Ohren von von Ratow schießen. „Mach es gut, mein Freund", murmelte er in seine Sauerstoffmaske. Oberstleutnant von Ratow versuchte die Maschine nach links an der Stadt vorbei zu führen, aber die Hydraulik war beschädigt und das Seitenruder gehorchte ihm nicht mehr. Das gesamte Heck brannte und es war eine Frage von Sekunden bis das Flugzeug explodierte. Nur nicht in die Stadt. Das wäre eine Katastrophe. Von Ratow dachte nach, die Optionen gingen ihm aus. Eine Idee formte sich in seinem Kopf. Er schaute auf den Treibstoffmesser. 100 kg noch in den Leitungen, Turbine 2 hat noch 12 Prozent. Das sollte reichen.

Er drückte den Schubhebel bis zum Anschlag und zündete die Nachbrenner. Dann nahm er die Hände von den Reglern und schloss die Augen. Still wurde es, kein Geräusch mehr, er roch die Kornfelder in seiner Heimat, der blaue Himmel über ihm, die heiße Luft des Sommers, spürte die Hände seines Vaters auf den seinen, wie sie die kleine einmotorige Fokker über die Berge Bayerns steuerten. „Hab keine Angst mein Sohn, halte sie ruhig. Sie findet ihren weg…"

Die letzten 100 Kg Kerosin schossen durch die armdicken Leitungen in das Heck der brennenden Maschine, fanden ihren Weg in die glühenden Brennräume der gurgelnden Triebwerke. Turbine 2, die auf der rechten Seite ihren Dienst tat, heulte auf, erreichte kurz 70 Prozent Schub und schob die Maschine ein paar Zehntelgrade nach links. Die Strömung erledigte den Rest und warf die Maschine mit brachialer Kraft nach links. Von Ratow verlor das Bewusstsein als das Flugzeug nach links ausbrach und er merkte es auch nicht, als sich sein Tornado 120 Meter vor der Stadt mit immer noch 1.200 km/h in den Berg bohrte und explodierte.

Es war 18.01 Uhr. Der Schirm von Werner Schmidt öffnete sich und der Schleudersitz löste sich vom Körper des Hauptmanns. Lautlos und sanft schwebte der Deutsche auf die Randgebiete von Tuzla zu. Als er im Wald neben der Stadt landete, kappte er die Seile des Schirms, aktivierte das Notsignal und kroch unter Schmerzen vom Landepunkt weg.

„Er hat mir das Leben gerettet. An diesem Tag hat er vielen Menschen das Leben gerettet." Werner brach ab und weinte. Eine Schwester kam herein und schaute mich verächtlich an.

⬜⬜

Frank hatte mittlerweile feuchte Augen bekommen und mit brüchiger Stimme redete er leise weiter. Schon wieder kam ein Freund tot aus einem fremden Land. Diesmal war der Sarg leer. Nach einem Aufschlagbrand bleibt nichts übrig, um was man trauern könnte. Die Beerdigung in Ortenburg bei Passau eine Farce. Brigitte, Michaela, der gerade aus Italien zurückgekommene Werner, Claire und ich wohnten der bizarren Zeremonie nicht lange bei. In der kleinen grünen Kapelle auf der Airbase Geilenkirchen neben dem Airfield haben wir dann unsere private Trauerfeier abgehalten. An diesem Tag wurden alle zivilen Flüge über dem Gebiet nach Aachen umgeleitet. Die Kommandanten aller Jagdbombergeschwader aus Deutschland waren anwesend - selbst Colonel Palmer kam aus den USA.

⬜⬜

Frank schaute zu Emely, seine Augen waren müde und ausdruckslos. Das Blaue in ihnen ist einem schwarz-grau gewichen. „Das war die Story von Hermann the German." Frank schaute in die Flammen.

„Eigentlich ist es ein Scheiss-Job. Mit niemandem kannst du drüber reden. Kein - Hi ich bin Bob und verkaufe Häuser und was machen sie beruflich? – Hi, ich bin Frank und entwickele Waffen für jeden, der dafür bezahlt…"
„Was macht denn dein Daddy so? Er baut Bomben…"

Franks Stimme klang verbittert und voller Sarkasmus. „Nichts von dem, was ich tat, hatte einen Sinn. Im Gegenteil… Alles, was mir irgendetwas bedeutete, ist nun fort."

„Bis auf Claire… Sie ist für Dich da, vielleicht liebt sie Dich." „Tut Sie das…? Ja, vielleicht tut sie das. Ich weiß es nicht genau. Immer will, nein MUSS ich alles wissen und sie kann sich gut hinter ihrer hübschen Fassade verbergen. Aber was will sie mit mir? Ich weiß nicht weiter. Mein Leben ist an einem Punkt, an dem ich nicht mehr weiß, wo ich hingehöre. Alles, was ich wollte, habe ich jetzt, aber mein Herz, meine Seele ist ein großes schwarzes Loch und ich habe dieses Loch selbst dort hineingeschossen. Claire ist so ein wunderbarer Mensch. Sie hat Charme, Esprit, ist gebildet… Sie ist viel zu schade für einen wie mich." Emely machte ein strenges Gesicht: „Sie ist kein Übermensch. Auch sie hat Fehler und auch sie versucht zu leben. Und was ich so bis jetzt von Dir gehört habe, versucht sie mit Dir Zeit zu verbringen."

Frank leerte das Glas und schaute auf seine Uhr. „Es ist spät Emely… Oder besser früh. Lass uns morgen weiter darüber reden, ok? Gleich morgen früh nach dem Frühstück fahre ich dich mit dem Boot über die Grenze. Ein Bad gibt's hier nicht. Neben der Küche sind die Toilette und eine Waschgelegenheit mit kaltem Wasser. Wenn du dir was zu essen machen willst, der Kühlschrank ist voll und die Vorratskamer auch." Emely nickte, stand auf, hing das Foto wieder an seine Stelle und betrat das Schlafzimmer. Leise schloss sie die Tür zum Jagdzimmer.

Als die Tür zum Schlafraum ins Schloss fiel zuckte Frank zusammen. Er betrachtete das leere Glas in seiner Rechten und ließ den Tag Revue passieren... Es war etwas passiert, etwas hat sich geändert. Er fühlte sich gut, verdammt. Er fühlte sich gut! Seit langem hatte er sich nicht so gut gefühlt. Morgen würde Claire kommen. Er dachte wieder an sie und fasste einen Plan. Alles würde er hinschmeißen, den Job, die Karriere, alles... Geld hatte er genug. Als er die Stunden mit Emely da draußen durch den Schnee stapfte fühlte er sich so frei, so unsterblich. Als er ihr von Hermann erzählte, da kam all der Schmerz heraus, der sich jahrelang versteckt gehalten und sich in seinem Herzen verhärtet hatte. Wenn er Emely über die Grenze gebracht hatte, würde er vor dem Haus auf Claire warten und wenn sie kommt, dann würde er sie umarmen, sie küssen, ihre Hand nehmen auf die Knie fallen - jetzt nicht sentimental werden Frank - er würde sie fragen, ob sie mit ihm gehen würde. Irgendwohin.

Der Vorstand des Unternehmens würde ganz schön dumm aus der Wäsche gucken... Er lachte leise auf, nahm einen tiefen Schluck und als er den Kopf hob, fiel sein Blick auf das Gewehr über dem Kamin. Seine Mine verfinsterte sich und er stellte das Glas auf dem Boden ab. Ganz langsam nahm er das Gewehr von der Wand und seinem Muskelgedächtnis folgend, öffnete er den Verschluss und schaute in die Kammer. Natürlich war sie leer und lautlos ließ er den Verschluss wieder verriegeln. Er nahm den Lappen vom Kamin und rieb sanft über die Stelle, die er eben noch berührt hatte. Für einen kurzen Moment hielt er inne, betrachtete das Gewehr und warf mit einer schnellen Bewegung den Lappen ins Feuer. Sofort loderten die Flammen hoch und der grelle Schein projizierte Franks Schatten als verzerrte Gestalt an die Bücherwand.

Leise schritt er zur Schlafzimmertür. Er öffnete sie leise und schaute in den Raum. Der Mond warf ein sanftes Licht auf die junge Frau unter der dicken Daunendecke. „Wer ist Sie?", fragte sich Frank, trat ganz nah an das Bett und beobachtete einige wenige Minuten das Mädchen. Nachdem er sich sicher war, dass sie schlief, verließ er den Raum wieder und schloss die Tür lautlos. Er schlüpfte in seine Schuhe, nahm das Gewehr in die Hand und stieg die Treppe herab. Unter der Treppe war ein kleiner Kleiderschrank. Dort nahm er sich seine Jagdjacke und den kleinen Schlüsselbund, welcher linkerhand im Schrank hing.

Frank verließ das Haus und nahm den schmalen Weg, um zum Bootssteg zu gelangen. Dort kletterte er auf sein Boot, legte das Gewehr auf den leeren Sitz der Backbordseite und löste anschließend die Seile vom Rumpf. Der Motor des Bootes sprang sofort an und als Frank sich nochmals davon überzeugt hatte, dass alle Seile gelöst waren, drückte er den Schubhebel nach vorne und der Volvo-Penta-Sechszylinder brüllte auf. Rasch entfernte er sich vom Steg und hätte er sich umgeschaut, wäre ihm wohl Emely aufgefallen, die an dem großen Fenster des Schlafzimmers stand und ihn beobachtete. So aber raste er mit Vollgas über den Lake Superior und die Wellen schlugen hart gegen den Boots-rumpf. Nach einer halben Stunde etwa nahm Frank das Gas weg und sofort kroch die Stille über ihn wie eine Spinne über ihre Beute. Er schaltete den Motor ab und das Boot fing auf den Wellen an zu tanzen. Nun klatschten die Wellen leise gegen den Rumpf und wichen immer mehr einem schmat-zenden Geräusch. Er musste sich ungefähr in der Mitte des Sees befinden, das Ufer war schon seit einiger Zeit nicht mehr zu sehen. Er verließ seinen Fahrersitz, nahm das Gewehr und ging zum Heck des Bootes.

Ein letztes Mal strich er mit der Hand über das Holz, fühlte die Kälte des Metalls, als er es am Lauf packte. Mit aller Kraft schleuderte er das Gewehr durch die Nacht in den See und als er den Aufprall auf das Wasser vernahm, schrie er in die Nacht: „Zur Hölle mit dir…"

Wie lange er auf das Wasser schaute, wusste er nicht, aber als die Kälte in seine Glieder kroch, drehte er sich um, ging zu seinem Sitz und ließ den Motor an. Mit halber Kraft fuhr er wieder zurück und als er die Umrisse seines Hauses am Ufer entdeckte, kam ein Gefühl der Müdigkeit in ihm hoch. Er vertäute das Boot wieder am Steg und ging den kleinen Weg, den er vor knapp zwei Stunden mit einer Waffe in der Hand schon einmal gegangen war. Er öffnete die Tür und als erstes fiel ihm der weiße Umschlag auf, der auf dem schwarzen Holztisch lag. *FÜR FRANK*, stand in großen Buchstaben darauf. Aufgeregt und mit zitternden Händen öffnet Frank den Umschlag und zog ein gefaltetes Papier heraus.

> *Dort draußen auf dem Wasser hast Du das richtige getan. Als ich es sah, war mein Auftrag beendet.*

> *Die erste Tür hast Du geöffnet und weitere werden folgen, dessen bin ich mir sicher.*

> *Wenn Du diese Zeilen liest, bin ich schon fort. Bitte suche nicht nach mir, es wäre zwecklos.*

> *Pass auf Dich auf Frank.*

> *Emely*

Frank ließ den Brief fallen und rannte die Treppe hoch, durch das Jagdzimmer in den Schlafraum. Das Bett war leer... Es war unbenutzt... Genau so hatten sie es am frühen Abend vorgefunden. Er schlug die Decke zurück und fühlte die Matratze... Sie war kühl und glatt. Frank ging wieder hinunter ins Erdgeschoss und schloss die Eingangstür von innen ab. Mit schweren Schritten stieg er die Treppe hinauf und betrat das Jagdzimmer. Dort nahm er sich eine neue Flasche Scotch und setzte sich vor den noch glühenden Kamin. Seine Augen schmerzten und der Alkohol brannte stärker als sonst in seinem Hals. Die Müdigkeit in ihm löste schon Schwindel aus und so stellte er die Flasche neben die Couch und begann sich auszuziehen. Nur mit seiner Uhr bekleidet stieg er in das Bett, zog die Decke über den Kopf und schlief mit dem Gedanken an Claire nach kurzer Zeit ein.

## Michael & Gabriel

Miguel kletterte in das Wageninnere und beugte sich über die leblose Person. Aus einer Wunde an der Hüfte quoll Blut und tränkte die feine Anzugshose. Ein Teil der Mittelkonsole hatte sich in den Körper gebohrt und steckte wohl noch oberhalb des Oberschenkels im Fleisch. Hoi, der draußen geblieben war, beobachtete Miguel aufmerksam und reichte ihm die benötigten Utensilien. „Die Blutung hab ich gestoppt, aber der Kreislauf ist zu schwach. Ich spritz ihm jetzt was." Hoi nickte und holte schon einmal den kleinen tragbaren Defibrillator aus der Tasche und machte ihn betriebsbereit.

Miguel spritzte das Kreislauf stabilisierende Medikament und kroch zu dem Kopf des Mannes. „Geh an die Füße Hoi, der muss raus hier. Ganz sachte Kumpel." Hoi nahm die Beine des Mannes und gemeinsam mit Miguel zogen sie ihn vorsichtig aus dem Mercedes und legten ihn ins weiche Gras. Miguel fühlte den Puls und sein Blick wurde hart: „Verdammt, da ist nichts mehr. Defi, schnell", schrie Miguel und riss dem Mann das Hemd von der Brust. Hoi gab Miguel das Gerät und nachdem die Elektroden an den richtigen Stellen befestigt waren, gab Miguel den ersten Stromschlag ab. Der Körper des Mannes bäumte sich auf und sackte wie ein nasser Sack wieder in sich zusammen als der Strom nachließ. Miguel schrie diesmal lauter: "Komm schon, komm schon", und er schockte abermals. Wieder das Aufbäumen und Zusammensacken, aber der Körper wollte nicht mehr leben. Barney und Fred waren inzwischen nähergekommen und mit Abstand wohnten sie der seltsamen Szenerie bei.

Miguel kniete vor der entblößten Brust des Mannes, Hoi kniete hinter dem Mann und hielt seinen Kopf fest. Nur beim Schocken ließ er ihn los. „Der schafft es nicht Miguel. Lass ihn die Ruhe", die Worte von Barney trafen Miguel wie kleine Nadelstiche und er drehte sich zu Barney um: „Der stirbt heute nicht. Heute wird er leben und jetzt lass mich meine Arbeit machen." Miguel sprach ganz leise und langsam, doch der Ton in seiner Stimme ließ Barney verstummen und der Cop trat unwillkürlich einen Meter zurück. Miguel wandte sich wieder dem Mann vor ihm auf dem Boden zu und lud den Schocker neu.

Etwas abseits standen zwei Männer, eingehüllt in weiße Gewänder - die stark an eine römische Toga erinnerten - und schauten dem Geschehen zu. Keiner der anwesenden Personen konnte die zwei sehen und so schritten sie langsam zu den zwei auf dem Boden knienden Sanitätern. Der kleinere von den beiden schaute seinen Partner an und sprach mit fester Stimme: „Sieh, wie sie sich kümmern. Erst töten sie sich gegenseitig und dann kämpfen sie doch um jedes kleine Leben." Der größere nickte seinem Partner zu und sprach: "Deshalb sind wir ja hier. Genau deshalb", und er lächelte.

Die Szenerie an der Unfallstelle war wie eingefroren. Alles bewegte sich unendlich langsam und nur die zwei Unbekannten agierten in normalem Tempo. „Er gehört mir!" Eine klare Frauenstimme ertönte und als die zwei Unbekannten sich umdrehten, sahen sie eine Frau in schwarzer Bluse und Hose. Ihre roten Haare leuchteten und das Funkeln der grünen Augen war nicht zu übersehen.

Der größere der beiden sprach mit ruhiger Stimme: „Ich habe dich erwartet Vanth und ich sage dir, dass er noch nicht so weit ist."

„Na das ist eine Überraschung", entgegnete die Frau. „Michael und Gabriel, das dynamische Duo… Er war schon fast im Bus und dann kam diese Blonde rein. Sie hat ihn mir weggenommen!" Michael lächelte Vanth an: „Sie war phantastisch, nicht wahr? Sie ist neu und er war ihr erster Auftrag. Aber nichts für ungut. Er gehört uns, du kannst jetzt wieder gehen." „Damit wird ER aber nicht zufrieden sein", entgegnete Vanth und schaute auf Barney. Der Sheriff stand plötzlich neben ihr, seine Augäpfel waren verdreht und die zwei hellen Kugeln starrten Michael und Gabriel direkt an. Die Hände auf den Waffengurt gestützt, öffnete Barney… oder was immer dort in der Uniform stand, den Mund: „Seine Seele gehört mir. Er ist ein Mann des Todes. Er gehört an seinen Platz. Er gehört zu mir." Die dunkle und sonore Stimme schien den Tiefen der Erde zu entspringen.

Gabriel führte seine rechte Hand unter die Toga, umfasste den Griff seines Schwertes und zog es aus der ledernen Scheide. „Wir hatten eine Abmachung Samael, erinnerst Du dich?" Michael sprach ruhig und mit sanfter Stimme. „Er war schon tot, also gehört er mir", Samael trat auf den am Boden liegenden Mann zu. „Er lebt noch. Lass ihn oder…" Diesmal sprach Gabriel, hob sein Schwert und nahm eine Kampfhaltung ein. Samael blickte Gabriel an. „Du würdest einen Bruder angreifen Gabriel?" „Zwinge mich nicht Samael. Du weißt, dass ich es tue." „Er lebt noch Samael. Du wirst ihn nicht bekommen. Er ist immer noch unser Kind. Halte dich an den Pakt. Auch du unterliegst dem Gleichgewicht der Macht Samael und heute ist der Tag des Herrn."

Michael sprach sanft, aber bestimmt und der Ton seiner Worte ließ keinen Wiederspruch zu. Mit einer Handbewegung deutete er zu Gabriel und dieser schob das Schwert wieder zurück in die lederne Scheide.

Samael entfernte sich wieder von dem Mann am Boden. Er sah zu Vanth herüber, die die ganze Zeit über stumm der Unterhaltung beiwohnte. „Verdammt, ich bekomme ihn früher oder später doch!" Die Worte zischten aus ihm heraus und mit einem Blick zu Vanth befahl er ihr stumm ihm zu folgen. Barney fiel auf die Knie und seine Augen rollten sich wieder nach vorne in die richtige Position. Sein Mund öffnete sich und der Inhalt von zwei Tagen Fast Food ergoss sich über die Bundesstraße. Vanth schaute noch einmal zu Gabriel, kniff ihr rechtes Auge zu und verschwand so plötzlich wie sie aufgetaucht war.

Gabriel schaute zu Michael. „Der Mensch da", und er deutete auf Miguel, „wird es nicht schaffen. Der andere stirbt." Michael lächelte, schritt langsam von hinten an Miguel heran und stellte sich neben den knienden Sanitäter. Er schaute auf die Technik in Miguels Händen, sah den konzentrierten Blick Hois, der den Kopf des Verletzten in seinen Händen hielt. Dann legte Michael seine Hand auf Miguels linke Schulter. „Wir haben nicht mehr viel Saft im Defi. Das reicht nur noch für ein oder zwei Stöße", Hoi sprach leise, aber Miguel hörte Ihn trotzdem. „Ich weiß…", und Miguel fügte hinzu, „dreh voll auf Kumpel. Es wird klappen." Hoi stellte den Regler auf Maximum und nachdem er den Kopf des Verletzten auf eine Unterlage gebettet hatte, nickte er Miguel zu: "Ok." Miguel legte die Pads auf die Brust und fing an zu schreien: „Lebe verdammt, lebe", und er drückte ab.

Der Strom floss durch Franks Körper, durch die Haut in das Herz, floss durch die Muskeln und reaktivierte den letzten Funken Leben. Der Körper hob vom Boden ab, verharrte einen Sekundenbruchteil in der Luft und klatschte dann wieder zurück auf den kalten Boden.

Das kleine Mobile EKG zeigte eine Erhebung und nachdem Miguel und Hoi unendlich lange drei Sekunden auf den Monitor gestarrt hatten, erschien der nächste Berg auf dem Display, diesmal etwas höher als der erste.

Miguel drehte sich zu Bill herum, der immer noch in einiger Entfernung stand und gebannt das Treiben verfolgte. „Puls, wir haben einen Puls", schrie Miguel und Bill machte auf dem Absatz kehrt und rannte zu seinem Hubschrauber. „Was machen Sie da auf dem Boden Sheriff?" Hoi stellte die Frage dem immer noch auf dem Boden knienden Barney. „Kommen sie hoch und helfen Sie uns den Patienten in den Helikopter zu transportieren." Barney, noch immer grün im Gesicht, winkte Fred zu sich. „Komm, hilf mal, der Kerl ist schwer." Fred war schnell zur Stelle und nahm vorsichtig das eine Ende der Trage und nachdem alle vier Ecken besetzt waren und Miguel das Kommando gab, hob Fred den Verletzten hoch. „Hey Barney, ich hab den Kerl mal über-prüft. Ist ein hohes Tier von dem Rüstungskonzern drüben in Minneapolis. Frank Morton heißt er." Und nachdem Barney geantwortet hatte, dass ihm das jetzt im Moment Scheißegal sei, wer der Kerl auf der Bahre lag und seine schöne Uniform voll-blutete, schwiegen beide Cops und keuchten in Richtung Helikopter.

Bill saß schon auf seinem Platz als die Rotoren sich immer schneller drehten.

Er schaltete das Nachtflugsystem ein, mittlerweile war die Sonne komplett untergegangen und der blasse Mond erhellte kaum die Umgebung. Bill beobachtete, wie die zwei Sanitäter und die zwei Cops den Verletzten in die Vorrichtung schoben, die im Bauch der Huey eingebaut war. Der Sheriff und Miguel wechselten noch ein paar Worte und als sich Hoi anschnallte sprang Miguel in den Helikopter.

Er beugte sich herüber zu Bill und schrie gegen die lauten Turbine an: „Zum St. Lukes, schnell. Er hat viel Blut verloren, die Arterie ist zerfetzt. Gib Gas." Bill gab mehr Schub und die alte Bell erhob sich sanft von der Erde.

Nach kurzer Zeit hatten sie an Höhe gewonnen und Bill drückte den Hebel mehr nach vorne. Die grünen Instrumente warfen ein blasses Licht auf sein hartes Gesicht und jeder Muskel in ihm war angespannt. Bis nach Duluth zum St. Lukes Hospital waren es ca. zwanzig Minuten Flug. Und als ob seine Gedanken frei zugänglich wären, erschien der Kopf von Miguel und brüllte gegen den Lärm an: „Drück drauf Bill. Der stirbt mir hier weg, wenn ich ihn noch 'ne viertel Stunde halten kann ist es lang." Bill nickte und sein Blick fiel auf den Geschwindigkeitsmesser. Die Nadel stand bei fast 190 km/h und Bill quetschte alles aus der Turbine heraus, was noch da war. „Komm Mädchen, komm…" Die Nadel pendelte auf über 220 Km/h und Bill beobachtete beunruhigt den Temperaturanstieg des Triebwerkes. Hoi und Miguel hatten diesmal keinen Blick für die Landschaft. Hoi presste den Verband auf die Wunde des Patienten und Miguel spritzte Kreislauf-stabilisierende Mittel. Ab und zu schaute Miguel auf und blickte aus dem Fenster. Bei dem Wrack an der Straße - als er den Verletzten wiederbelebte - war da nicht eine Bewegung neben ihm? Der Hauch einer Berührung an seiner Schulter?

131

Als er die ersten erleuchteten Häuser sah, nahm er das Funkgerät von der Wand und rief das Hospital St. Lukes in Duluth. Er beschrieb die Lage, forderte ein Team an und nachdem er eine positive Antwort bekam, legte er das Funkgerät wieder an seinen Platz. Seine Hand drückte auf den blutdurchtränkten Verband auf Franks Oberschenkel.

Der Mann - Frank war sein Name? - sein Gesicht war weiß wie der Schnee auf den Hausdächern, die unter ihnen vorbei zogen. Er zitterte und seine Augenlieder flatterten unkontrolliert auf und zu: „Claire…" Aus seinem halbgeöffneten Mund drang leise immer wieder dieser Name. Dabei hustete er und Blut quoll aus den Mundwinkeln. „Können Sie mich hören? Reden Sie mit mir? Ist Claire Ihre Frau? Ihre Tochter? Reden Sie mit mir?" Miguel presste seine Hand auf den nun mittlerweile komplett durchtränkten Verband an Franks Hüfte und schaute Frank durchdringend an. Miguel spürte eine Hand an seinem Bein und als er die schlaffen Finger von Frank an seinem Overall entdeckte, vernahm er wieder dieses „Claire…" „Wir werden Claire verständigen Frank, keine Sorge. Wir sind gleich da. Ich sehe schon das Hospital. Nicht einschlafen, bleiben Sie bei mir."

Unter ihnen glitt Duluth dahin und die Neonlichter tauchten die Stadt mit den knapp 90.000 Einwohnern in ein kaltes Licht. Nach einer knappen Minute kam das St. Lukes Hospital in Sicht und Bill erkannte schon von weitem das rote Steingebäude mit dem hell erleuchteten roten „H" auf dem Dach. Bill hörte über den Kopfhörer wie Miguel mit dem Patienten sprach und so knapp wie dieses Mal war es schon lange nicht mehr. Heute war Weihnachten und Bill wollte diesen Tag nicht mit einer Tragödie enden lassen. „St. Lukes, hier SAR 127. Erbitte Landeerlaubnis."

Bill legte die Huey auf die linke Seite und schob den Steuerhebel sanft zurück. Sie sanken nun immer tiefer auf das Hospitaldach zu. Eine krächzende Stimme in seinem Kopfhörer erlaubte die Landung und fügte noch hinzu, dass ein Team am Aufzug wartete. Bill nahm noch mehr Gas zurück und die Turbine lief nun deutlich leiser.

Man hätte es nachmessen können, Bill setzte die zwei Tonnen schwere Bell genau in die Mitte des Landeplatzes und als die Kufen gerade sanft den Boden berührten, hatte Hoi schon die Seitentür aufgerissen und winkte das heraneilende Team aus einem Arzt und vier Schwestern herbei. Hoi sprang gebückt aus der Maschine und öffnete die zwei letzten Verschlüsse der Bahre, während Miguel den Verband andrückte und die Decke über Franks zitternden Körper warf. Das Team kam zur Tür und zusammen hievten sie vorsichtig die Bahre auf den mitgebrachten Transportwagen. Noch unter den sich schnell drehenden Rotorblättern wurde die Wunde von Frank neu mit Bandagen versorgt, die Schwester legte eine neue Infusion an und der Arzt begutachtete den Patienten. „Der ist doch fast tot. Ok, dann wollen wir mal. Wir übernehmen jetzt hier. Frohe Weihnachten…"

Miguel Hoi und Bill schauten sich an und ohne ein Wort zu verlieren, wusste jeder was der andere gerade dachte. „Warten sie…", brüllte Miguel und lief dem Team hinterher. Hoi folgte mit zwei Metern Abstand und von hinten drang die raue Stimme von Bill: „Ich komme nach", und kurz danach heulten die 1.400 PS des Hubschraubers auf und Bill war wieder in der Luft. Miguel und Hoi erreichten keuchend zusammen mit dem Team den Aufzug und als sich die Türen hinter ihnen schlossen und der Aufzug sich in Bewegung setzte, atmeten die beiden Sanitäter laut auf.

„Wenn Sie dabei sein wollen, ok. Aber stehen Sie uns nicht im Weg herum... Ich bin Dr. Delp." Der Arzt schaute das erste Mal richtig zu Miguel und erkannte diesen Blick in seinen Augen. Den Blick, den er als Student vor so vielen Jahren bei sich selber im Spiegel entdeckt hatte und der im Laufe der Zeit immer trüber wurde.

Er sah diesen schwitzenden, über und über mit Blut übersäten Sanitäter. Sah den Dreck an den Schuhen und dem wohl bei der Bergung zerrissenen Overall. Dr. Delp schaute zu Hoi herüber und auch dort war dieses Blitzen in den Augen, dieser Ehrgeiz, dieses Feuer... Und mit einem Mal hatte er den höchsten Respekt vor diesen zwei Sanitätern und mit festem Blick sagte er zu Miguel: „Hervorragende Erstversorgung. Sie haben gute Arbeit geleistet. Wir haben hier das beste Team in Minnesota, das versichere ich Ihnen." Miguel erwiderte den Blick: „Er darf nicht sterben. Nicht sterben..." Dr. Christopher Delp schluckte und flüsterte fast unhörbar: „Das liegt nicht in unserer Hand."

Die Aufzugtür öffnete sich und die Schwestern schoben den Wagen mit Frank als wehrlosem Passagier in den Op. Als sich die Flügeltüren des Operationsraumes vor Miguel und Hoi schlossen, war es plötzlich still auf dem langen Gang mit den kalten Neonröhren. Auf einer Bank neben einem Fenster, durch das man in das Innere des Raumes sehen konnte, nahmen die zwei Sanitäter Platz. Stumm saßen sie nebeneinander und starrten auf die weiße Wand gegenüber. Hoi drehte sich zu Miguel hin: „Als du den letzten Schock gegeben hast, habe ich wieder diese Lichter gesehen..." Miguel drehte langsam den Kopf zu Hoi: „Lichter...?" Und Hoi erzählte Miguel die Geschichte mit den Lichtern am Flugzeug. Als er fertig damit war, starrte er zu Boden.

Miguel schaute Hoi an und legte ihm die Hand auf die Schulter: „In dem Moment, in dem ich den letzten Stromstoß gab, spürte ich eine Hand auf meiner Schulter. Es war eindeutig eine Hand… So etwas spürte ich schon einmal... Damals auf diesem Flughafen, als die Flammen immer höher schlugen… Da spürte ich sie das erste Mal. Und ich wusste, dass sie mich und meine Mutter schützte."

Und Miguel erzählte nun seine Geschichte einem aufmerksam zuhörenden Hoi.

Die Worte seines letzten Satzes waren gerade in dem kahlen Gang vor dem OP verklungen, da öffnete sich die Aufzugstür und Bill trat heraus. Er hatte den Hubschrauber auf dem krankenhauseigenen Parkgelände abgestellt. Grinsend wedelte er mit dem Parkticket in seiner rechten Hand. Miguel und Hoi erhoben sich und zusammen mit Bill traten sie vor das Fenster und schauten dem geschäftigen Treiben im Operationsraum zu.

Es war 23.50 Uhr am 24. Dezember und als sich die Schwingtür öffnete, war nur noch Miguel auf den Beinen. Bill und Hoi lagen zusammengekauert auf der schmalen Bank und schliefen. Dr. Delp zog sich den Mundschutz herunter und sprach mit leiser Stimme: „ Er hat es überstanden. Er wird durchkommen." Miguel nickte und ein unhörbares „Danke mein Freund, danke", verließ seine Gedanken und erreichte Dr. Delp, der fast unmerklich zusammenzuckte. Miguel ging zu seinen Freunden und setzte sich neben sie auf die Bank.

## Nancy

Es kostete viel Kraft die Augen zu öffnen. Frank hatte das Gefühl, dass sie angeklebt waren. Das erste, was er sah, war die weiße Decke, die Neonlampe, das grelle Licht. Ein unheimlicher Druck auf seiner Brust, eine bleierne Schwere in seinem Kopf. In der Ferne hörte er das Wummern eines Hubschraubers. Wo war er? Aus unendlicher Weite drangen stimmen an sein Ohr: „Er kommt zu sich, holen sie die Schwester, beeilen sie sich…" Schwester? Welche Schwester? Er versuchte den Kopf zu drehen, aber die Kraft reichte nicht aus. Sein Mund öffnete sich und als er versuchte etwas zu sagen, kam nur ein trockenes Krächzen heraus.

„Frank…" Diese Stimme... Er kannte diese Stimme. „Claire…" Und diesmal nahm er all seine Kraft und drehte den Kopf in die Richtung der Stimme. Und da war sie. Claire. Sie sah müde aus und unter ihren Augen konnte man die dunklen Ränder sehen. Die Haare waren zerzaust und ihr Kostüm war arg zerknittert. Sie war das Schönste, was er je sah und als er etwas sagen wollte, legte sie ihren Zeigfinger auf seine Lippen. Er bemerkte erst jetzt, dass sie seine Hand hielt. Ihre Augen schauten erst ihn an und gingen dann rechts an ihm vorbei - ihr Kopf nickte dabei. Frank drehte den Kopf langsam und unter Schmerzen nach rechts. Auf dem Stuhl neben dem Bett saß ein junges Mädchen mit langen blonden Haaren. Ihre Augen waren verweint und das zerlaufene Makeup bildete groteske Muster auf ihren Wangen. „Nancy…" Franks Stimme war schwach, aber deutlich. „Dad…", und bei diesem Wort glitt sie vom Stuhl und drückte sich an ihren Vater. Frank nahm die Arme hoch und drückte seine Tochter mit aller Kraft an sich.

Tränen rollten über sein Gesicht. „Vorsichtig Nancy", rief Claire besorgt. „Er ist noch an die Geräte angeschlossen." Mittlerweile war die Schwester in das kleine Zimmer gekommen und näherte sich dem Bett. „Keine Sorge, die Geräte überwachen nur. Drücken sie ihren Vater ruhig." Frank zuckte zusammen, als er die Stimme vernahm. Er drehte den Kopf etwas nach links und erkannte Emely. Diesmal hatte sie eine Schwesternuniform an. Ihre Haare waren lang und sehr gepflegt. Sie zwinkerte ihm zu und er nickte unmerklich. Die Tür zum Zimmer öffnete sich erneut und ein Mann kam herein. Er stellte sich als Dr. Delp vor. Er nahm sich einen Hocker und setzte sich neben Claire an Franks Bett. „Sie hatten einen Autounfall Mr. Morton. Können Sie sich an etwas erinnern?" Frank schaute Emely an. Sie lächelte. „Ich bin eingeschlafen und hier wieder aufgewacht. An mehr kann ich mich nicht erinnern." Dr. Delp überlegte kurz und fuhr fort: „Ein Truck hat ihnen die Vorfahrt genommen und sie von der Straße katapu…" „Wo ist mein Fahrer?" Frank stellte die Frage hastig. „Laut Polizeibericht war außer dem Truckfahrer und Ihnen keine weitere Person am Unfallort." In Franks Kopf erklang Emelys Stimme. „Vergiss den Fahrer Frank, vergiss ihn." Frank schaute Emely an und schwieg. „Darf ich fortfahren…? …schön! Sie wurden also von der Straße katapultiert. Der Aufprall hat ein Stück Metall aus der Mittelkonsole oberhalb in Ihre Hüfte eindringen lassen. Sie haben sehr viel Blut verloren, eigentlich zu viel Blut und für den Zeitraum von etwa sechs Minuten waren sie tot. Nur durch die schnelle Hilfe der Rettungskräfte sind sie noch bei uns." Nancy schluchzte auf und Frank drückte Ihre Hand. „Wo bin ich hier überhaupt und wie lange bin ich schon hier?" Frank schaute Dr. Delp fragend an. „Sie sind vor drei Tagen eingeliefert worden.

Nach der Operation mussten wir sie in ein künstliches Koma versetzen." Frank schaute Claire an. „Unsere Autos haben doch Sender Frank… Als der Unfall übermittelt wurde, ist natürlich direkt die Firma verständigt worden. Ich habe dann deine Tochter ausfindig gemacht, verständigt und bin direkt hierhin gefahren. Ich hoffe, dass es in deinem Sinne war…" Er drückte ihre Hand fest und in seinem Gesicht konnte sie erkennen, dass sie es richtig gemacht hatte. Er schaute wieder zu Nancy und zog sie zu sich herunter.

Frank drehte sich wieder zu Claire. „Claire… ich schmeiß es hin. Ich kündige, mein Entschluss steht fest." Er erwartete eine Regung von Claire, aber sie lieb sitzen, sagte nichts, nur ihre Augen wurden etwas größer. Frank erkannte das sofort. Dann spürte er ihre Hand, wie sie seine drückte und sie beugte sich langsam zu ihm herunter: „Wenn Du hier rauskommst, gehen wir fort. Nur wir beide. Nach Europa. Dort werden wir leben. Dort werden wir endlich leben." Sie hauchte ihm einen Kuss auf die Lippen und beugte sich wieder langsam nach oben. Er schaute in ihre Augen und wieder vernahm er die Stimme von Emely in seinem Kopf: „Ich bin stolz auf dich Frank. Du hast 'ne zweite Chance bekommen. Nutze sie." Frank blickte zu Emely. Sie stand immer noch am Fußende des Bettes und schaute nun zu Dr. Delp, der mittlerweile aufgestanden war und die Geräte kontrollierte: „Wenn sich mich nicht mehr brauchen Dr… Ich bin unten bei der Notaufnahme." „Ist in Ordnung, Schwester", murmelte Dr. Delp und kramte in seinem Kittel nach einem Kaugummi.

Emely verließ das Krankenzimmer, öffnete ihren Kittel und ging schnellen Schrittes den Gang entlang. Ein paar Meter vor ihr kündigte ein lautes „Ping" die Ankunft des Fahrstuhls an.

Drei Männer verließen den Fahrstuhl und traten auf den Gang, wo sie ratlos rechts und links schauend verharrten. Emely lächelte und sie sprach zu den dreien. „Hallo Miguel, Bill und Hoi. Frank liegt auf der rechten Seite, letztes Zimmer." Sie ging einfach weiter und bestieg den Fahrstuhl. Miguel schaute die junge blonde Frau an: „Kennen wir uns? Emely lächelte abermals… Natürlich Miguel. Von damals, am Flughafen. Macht es gut ihr drei, vielleicht sehen wir uns eines Tages wieder." Die Fahrstuhltüren schlossen sich und Bill, der wie ein Wilder auf die Knöpfe drückte, konnte die Türen nicht zum aufgehen bewegen. Miguel war schon im Treppenhaus und wie ein Verrückter rannte er die Treppen herunter, erreichte das Erdgeschoß noch vor dem Fahrstuhl und mit klopfendem Herzen stand er vor der Tür. Sie öffnete sich und Miguel schaute in eine leere Kabine, nur ein Schwesternkittel lag zerknüllt auf dem Boden des Fahrstuhles.

**- Ende -**

## Nachwort

*„Wir sind vom gleichen Stoff,*

*aus dem die Träume sind*

*und unser kurzes Leben ist eingebettet*

*in einen langen Schlaf."*

(William Shakespeare)